迦国《かのくに》あやかし後宮譚2

シアノ Shiano

アルファポリス文庫

https://www.alphapolis.co.jp/

第一章

薫春殿《くんしゅんでん》に爽やかな新緑の風が吹き込んでいた。

時が経つのは早いもので、私が後宮に来るきっかけとなった宮女《きゅうじょ》試験の頃はずいぶん寒かったが、そろそろ日向《ひなた》にいればうっすら汗ばむ陽気になっていた。

雨了《うりょう》が反乱の気配ありと迦国《かのくに》の属国、馬理国《ばりこく》へと親征《しんせい》して、もう半月あまり。馬理は遠く、後宮にはまだ何の連絡もない。

——雨了は無事だろうか。今頃何をしているのだろう。

私は窓から見える眩《まぶ》しい庭に目を細めた。雨了の出立《しゅったつ》の頃に咲いていた花は落ち、今は違う種類の花が咲き誇っている。薫春殿の庭もすっかり様変わりしていた。

失ってしまった雨了の鱗《うろこ》を探し出さねばならないのに、何の手がかりもないまま日々だけが無為に過ぎていく。龍とその番《つがい》に絆《きずな》があるのなら鱗《うろこ》は私の掌中《しょうちゅう》に戻ると、そう壁巍《へきぎ》は言った。なのに、私の手に鱗《うろこ》はなく、無力なまま。

ついいつもの癖で胸元に手を当てたが、祖父の形見はそこにはない。今は遠く離れた雨了のもとにある。指に触れるのは、雨了を人の体から解放するための龍の宝刀が変化した、あの細長い巻貝の冷たい硬さだけだった。

「朱妃《しゅひ》、献上された品々が届いております。ご確認よろしいでしょうか」

ぼうっとしていた私は急に金苑《きんえん》から話しかけられ、慌てて顔を上げた。

「あ、ああ、うん。目録を見せてくれる?」

「お疲れのご様子ですが、一旦休憩なさいますか?」

「平気よ。お茶の時間までに終わらせたいから」

雨了はいなくとも、いや、むしろいない時を狙っているのだろうか。愛妃である私への献上品は日に日に増えていた。雨了の親戚や高官、県令《けんれい》といった、寵愛《ちょうあい》を受ける妃《きさき》とよしみを通じたい人々からの贈り物だった。非常に面倒くさいが、そういった品々を確認し、礼状をしたためるのも妃《きさき》の仕事の内である。

とはいえ中身は既に宦官《かんがん》たちが検《あらた》めているので、私は目録と共にチラッと確認する程度だ。献上品はいかにも女性が好みそうな衣服や装飾品が多い。そういうものにさして興味のない私には少しばかり食傷気味だ。

「絹に装飾品……いつも通りね。金苑、そっちの箱を開けてくれる？」

「はい、かしこまりました。――ッ！」

私が指示した桐箱の蓋《ふた》を開けた金苑の手が、ビクッと弾《はじ》かれたように離れた。

「どうしたの？」

「なんでもありません。大変失礼いたしました」

しかし金苑はすぐにいつも通りの冷静な態度に戻って、再度蓋《ふた》を開ける。

中には大ぶりの石が入っていた。楕円《だえん》の大きな石。その一箇所が割れて口を開け、キラキラした紫水晶が覗《のぞ》いている。そういう調度品のようだ。

特別おかしなものには見えず、首を傾《かし》げた。

「なんでもないって風じゃなかったけど。箱に虫でも付いてた？」

今のはどう考えても金苑らしくない態度だった。

この薫春殿には年齢不詳な汪蘭《おうらん》を除き、私と歳の近い若い宮女《きゅうじょ》しかいない。金苑も私より幾《いく》つか年上なだけで随分若いが、薫春殿の宮女《きゅうじょ》たちのまとめ役をしてくれている。仕事の采配《さいはい》も完璧な、薫春殿一のしっかり者の宮女《きゅうじょ》だ。常日頃から冷静で、感情をあらわにすることは多くない。

だからこそ、いつもと違う態度が気になった。まさか淀《よど》みに憑《つ》かれてはいないかとじっと見つめたが、あの黒い靄《もや》は彼女のどこにもなかった。

ただの杞憂《きゆう》かもしれないが、念には念を入れておきたい。

「何か変なことでもあったら、些細なことでも、なんでも言ってちょうだい」

「……いえ、本当になんでもありません……」

しかし金苑は言葉を濁《にご》して目を伏せる。その視線は手元の箱ではなく、どこか遠くを見ている。その様子はまるで先程の私のようだ。

そろそろお茶の時間だ。献上品の確認も区切りがいい。今日はここまでにしておこうと、私は目録を閉じ、首をぽきりと鳴らした。

「――石は……何だか恐ろしい気がします」

金苑が不意にポツリと呟いた。

その視線は、未《いま》だ水晶の調度品が入っていた桐箱に落ちたまま。

「石……？」

私は目をパチクリとして金苑に聞き返した。

夏と呼ぶにはまだ早く、けれど日差しが強まったのを実感する時期だ。薫春殿の外に一歩出れば、この季節の緑は色濃く、朱色に塗られた宮殿をいっそう鮮やかに際立たせている。だからこそ、硬く温度の失せた金苑の言葉が、私の心に、それこそ石ころのように引っかかったのだ。

金苑は思わず零《こぼ》してしまった言葉を呑《の》み込むことも出来ず、不安げな子供のようにうろうろと視線を彷徨《さまよ》わせている。やはり金苑らしくない。

「ねえ、もしかして、それって石林殿《せきりんでん》のこと？」

ふと思いついたのは、薫春殿と因縁浅からぬ石林殿の胡嬪《こひん》。その住まいの名前からして『石』である。

彼女は私の腹違いの姉、朱華《しゅか》の主人であり、なんとも風変わりな人物なのだ。胡嬪本人だけでなく、石林殿の宮女《きゅうじょ》もどことなく薄気味悪かったのを思い出す。

それだけならばいざ知らず、朱華は少し前に薫春殿の宮女《きゅうじょ》、恩永玉《おんえいぎょく》を脅《おど》したのだ。石林殿に良い印象などあるはずもない。

金苑は大切な友人の恩永玉を傷付けられ、普段の冷静さが信じられないくらいの激しさで、それはそれは怒っていた。もしかして石を見て連想してしまったのだろうか。

そう思ったのだが、金苑はゆるゆると首を横に振った。

「……それもありますが、私は元々石が少し苦手なのです。なので少し驚いてしまいまして……」

金苑はいつも冷静で、怖いものなどなさそうな有能な宮女《きゅうじょ》だ。そんな彼女の苦手なものが思いもよらぬ石であるとは。

ついつい興味が湧いてしまうのは致し方あるまい。

「その石って、石ころとかの？」

「そうですね……石ころだけでなく玉石の類《たぐい》も、少し苦手です」

金苑は歯切れ悪く答えた。

私は金苑の姿を見る。若い宮女《きゅうじょ》はお仕着せの着物ながら、玉のついた髪飾りや帯玉《おびだま》で小さなお洒落《しゃれ》を楽しんでいる。

金苑もそんな他の宮女《きゅうじょ》と同様、艶《あで》やかな髪飾りや帯玉《おびだま》を着けている。今も決して派手ではないが、上品で美麗な帯玉《おびだま》が身動きする度《たび》揺れていた。

私の視線に気が付いたのか、金苑は帯玉《おびだま》を手で掬《すく》うように持ち上げた。

「ああ、これは玉石ではないのです。これは鼈甲《べっこう》に螺鈿《らでん》を施《ほどこ》したものですし、髪飾りにしても玻璃《はり》や真珠などが多いですね。玉石の類《たぐい》も全くないわけではありませんが、あまり……」

「へえ、本当に苦手なのね。なんでまた……理由とかあるの？　ああ、言いたくないならいいんだけど。ただの好奇心だから」

「いいえ、構いませんよ。ただ幼い頃に親族の者から、石が囁《ささや》きかけてきたら気を付けなさいと言われて……それが子供心にとても恐ろしく感じたものですから。石の範疇《はんちゅう》に入りそうな宝玉まで含めて少し苦手になってしまって――」

石が囁《ささや》くときた。

私はちょっと不意を突かれ、目を瞬《またた》かせる。

「まあ、その話、私も聞いたことがありますよ。王宮内に古くからある怪談ですよね！」

ちょうどお茶を持ってきた宮女《きゅうじょ》が、目を輝かせて話に乗ってきた。

薫春殿にいるのはどちらかと言えば大人しい宮女《きゅうじょ》ばかりだが、それでも数人寄ればそれなりに姦《かしま》しい。しかも怖い話というのは女性の興味を煽《あお》るものらしい。まあ私とて例外ではないが。

「怪談ねえ。どんな話なの？」

「そんなに怖い話ではないのですが、龍圭殿《りゅうけいでん》にある宝物庫には一人で入ってはいけない決まりがあるそうなのです。……石が話しかけてくるから、と。確かそんな話でしたよね？」

宮女《きゅうじょ》は声色を変えておどろおどろしく言い、金苑はどこか浮かない顔のまま頷《うなず》いた。

「へえ、あの龍圭殿の話なのね」

龍圭殿といえば儀礼用の宮殿で、かつて私がすっ転んで大きなたんこぶをこしらえた場所だった。伝統ある宮殿だから、そんな話の一つや二つあるのだろう。

「……ええ。一人で宝物庫に入ると石が囁《ささや》きかけてくる。それに返事をしたら死んでしまうというお話です」

「あら、そうでしたかしら。私は願いが叶うと聞いた気がしますけれど」

宮女《きゅうじょ》は首を傾《かし》げている。私はつい口を挟んだ。

「まあでも、噂話ってそんなものじゃない？　伝わる内に、いつのまにか少しずつ変わってしまったりするのよね」

金苑はコクンと頷《うなず》く。

「そうかもしれません。私の大叔母もかつて宮女《きゅうじょ》をしておりました。その大叔母から聞いた話では、囁《ささや》く石が願いを叶えてやろうと唆《そそのか》すけれど、願いは叶わずに死ぬそうです。だからそんな声を聞いても絶対に返事をしてはならぬと。大叔母の若い頃のことなので随分昔の話なのですが、今でもその決まりは変わらず、二人以上でなければ宝物庫には入ってはならないそうですよ」

「一人では入ってはならない宝物庫……」

豪華な宝物庫で、自分一人しかいないというのにどこからともなく囁《ささや》きかけてくる声。確かに想像するとうっすらとした怖さがある。幼い金苑はそれを聞いて震え上がったのだろう。

金苑はそんな過去を振り払うように苦笑した。

「いえ、宝物庫ですから、実際のところは、盗難がないように、複数人でないと入れない決まりにでもなっているのでしょう」

「なるほどね」

説得力のあることを言われると途端に納得してしまう。金苑はこれで終わりというように仕事に戻っていった。

もう一人の宮女《きゅうじょ》はまだ話し足りないらしく、私に新しいお茶を注いでから口を開く。

「でも、龍圭殿って、色々耳にしますよね。やはり何かあるかもしれませんよ！　そういえば、この春にも死体が見つかったとか――」

言いかけた宮女《きゅうじょ》は私を見てハッと顔色を変え、口をつぐむ。

「な、なんでもございません。……失礼いたしました」

そういえばそうだった。

たんこぶを作ったことばかり覚えているが、あの龍圭殿では肉体の一部だけが動いている世にも悍《おぞ》ましい妖《あやかし》を目撃したことがある。後日、雨了に調べてもらうと龍圭殿の床下から行方不明になっていた衛士《えじ》の白骨死体が発見された。それが何故か私が幽霊の声を聞いて見つけたという噂になってしまっているのだ。

それに、あの頃の教育係だった宦官《かんがん》の梅応《ばいおう》が火輪草《かりんそう》の件で捕縛されたこともある。きっと宮女《きゅうじょ》たちも触れてはならないことなのだと感じているのだろう。

「別に気にしてないから」

「そ、そうですね。あ、あの、先日の茉莉花《まつりか》の香の件なのですが――」

ホッとしたように宮女《きゅうじょ》は話を変える。

「ああ、それね。使ってみてどうかしら」

私だってあの話を蒸し返したくはない。やや強引にでも話を変えてくれた宮女《きゅうじょ》に感謝し、香の話や菓子の話でしばしの間、盛り上がる。

――しかし、心に引っかかった石の存在を、忘れることは出来なかった。

花の咲き誇る薫春殿で、このところ生花以外の香りが立ち込めていた。

茉莉花《まつりか》の香である。

壁巍が教えてくれた通り、清らかな花であるという茉莉花《まつりか》の甘やかな香りは淀《よど》みを寄せ付けず、香を焚《た》くだけで薫春殿内で淀《よど》みを見ることが随分と減っていた。

おかげでろくも狩り続けて減った体力を回復させたようで、室内に入ってきた淀《よど》みを今日も元気いっぱいに狩ってくれている。

壁巍の情報は正しかった。淀《よど》み避《よ》けとして効き目があるとはっきりしたことになる。

「朱妃――あら、こちらの部屋は香を焚《た》いていないのですね」

そう言って入ってきたのは汪蘭だった。

「ええ。猫がいる場所には香を焚《た》きすぎるのは良くないそうだから」

ろくは妖《あやかし》であるために茉莉花《まつりか》の匂いが苦手なのだ。なので私の部屋にだけは香を焚《た》いていない。私には淀《よど》みが見えるから不用意に触れてしまうこともないし、ろくも基本的に私の部屋にいる。もし淀《よど》みがいても、真っ先に退治してくれる。

しかしふと思い出す。

「そういえば汪蘭も茉莉花《まつりか》を嗅《か》いでくしゃみしてたわよね。大丈夫なの？　体質に合わないなら無理して使わないでね」

いくら淀《よど》み避《よ》けとはいえ、苦手なものを無理強《じ》いさせては意味がない。

「ええ、香りが嫌いなわけではないのですが……どうにも鼻がムズムズしてしまいますね。ですが、最近少し香りが変わった気がします」

「あら、気が付いた？　茉莉花《まつりか》以外にも匂天竺葵《においてんじくあおい》を混ぜているの。……その、このところ宮女《きゅうじょ》の心身の不調が多いでしょう。香で心を安らげるのが良いと思って」

対外的にはそう広めている。淀《よど》みがどうとは言えるものではない。

さらには改良を続け、元々魔除けとしても使われる匂天竺葵《においてんじくあおい》の香をほんの少しだけ足したところ、なんと淀《よど》み避《よ》けとしての効果が増したのだ。おかげで薫春殿の宮女《きゅうじょ》も今のところ無事だ。かつて淀《よど》みに憑《つ》かれ、体調を崩した恩永玉もすっかり回復している。

「他の妃嬪《ひひん》がいる各宮殿にもこの香を広めてもらってるの。苦手な汪蘭には申し訳ないんだけど」

「まあ、私のことなど気になさらないでください。朱妃が宮女《きゅうじょ》の健康に良いとお考えなのでしょう。それはとても大事なことです」

「うん。でも汪蘭だって大事よ。どうしてもしんどかったら私の部屋に来ればいいから」

「……はい。その際は、お言葉に甘えさせていただくかもしれません」

汪蘭は柔らかく微笑む。

私の言うことをどれだけの妃嬪《ひひん》が信じて香を使ってくれるか分からない。しかしそれで少しでも淀《よど》みに憑《つ》かれる宮女《きゅうじょ》を減らせるかもしれないのだ。とにかく試してみるしかない。

とはいえ嗅覚が鋭すぎる雨了は茉莉花《まつりか》をキツく感じるそうなので、どちらにせよこの作戦が出来るのは雨了が帰るまでの時間稼ぎにすぎない。

私が本来やるべきなのは雨了が親征《しんせい》から帰還するまでに鱗《うろこ》をどうにかして見つけ出すこと。雨了に鱗《うろこ》が戻り、後宮における龍の力の循環が滞《とどこお》りなくなれば淀《よど》みも減るはずだし、雨了の寿命も長くなるはずなのだが。

しかし鱗《うろこ》は未《いま》だ見つからない。どこを探せばいいのか見当も付かないまま。やるべきことの手がかりさえない。今こうしている間にも気ばかりが急《せ》いてしまう。

私は胸元に手を当てて重い溜息を吐いた。そこに祖父の形見はないが、つい手で探《さぐ》るのがすっかり癖になってしまっていた。

「朱妃、どうかなさいましたか？　胃の調子が芳《かんば》しくないのでしょうか」

そんな私を心配して汪蘭が聞いてくる。私は慌てて否定した。

「ううん、大丈夫。なんでもないわ」

「さようでございますか……皇帝陛下が早く戻られると良いですね……」

「……そうね」

私の元気がない原因を、雨了が長く留守にしているせいだと汪蘭は思っているようだ。

勿論《もちろん》それもある。私は雨了に会いたくてたまらなかった。雨了は私の腹の立つこともするけれど、一緒にいる時は何だか心が自由になるような、晴々《はればれ》とした気持ちになるのだ。そばにいたい。温もりを感じたい。けれど今は我慢するしかない。

それより今の私は、雨了が死んでしまうかもしれないことがとにかく気がかりでならない。龍の力を制御出来なければ、そう遠くない内に雨了は死んでしまうのだから。

汪蘭は私に寄り添い、そっと背中を撫でてくれる。心配してくれている汪蘭の気持ちが痛いほど伝わってくる。

ついまた溜息を吐きかけて、汪蘭をこれ以上心配させないようにと、ぐっと呑《の》み込んだ。それから少しわざとらしいかもしれないが、明るい声を出して話を変えることにした。

「ねえ、そういえば汪蘭って、宝物庫に一人で入ってはならないっていう怪談を知ってる？　石が囁《ささや》くってやつ」

先日、金苑たちとの話で知ったばかりの怪談だ。汪蘭は薫春殿の他の宮女《きゅうじょ》より宮女《きゅうじょ》経験が長いようだから、もしかすると金苑たちよりも怪談の詳しい事情なんかも知っているかもしれない。汪蘭がこの怪談を知っていても知らなくても、きっと話が盛り上がるだろう。

そう思って話を振ったのだが、汪蘭は返事をしない。

会話はふっつりと途切れ、静まり返った部屋の中で汪蘭がひゅっと息を吸う音だけが私の耳に届く。

「え、汪蘭、どうかした？」

何か変なことを言ってしまっただろうか。

「……それを……誰から聞いたのですか」

しばらくしてようやく返ってきた汪蘭の声はひどく掠《かす》れていた。

振り返ると、汪蘭は目を見開き、指も微《かす》かに震えている。顔色は紙のように真っ白だった。

「ど、どうしたの汪蘭……？」

軽い気持ちで言ったのに、私は汪蘭の過剰すぎる反応に少なからず驚いた。たかが
怪談にそんな反応をするとは思ってもみなかったのだ。

「まさかどなたかが、一人で宝物庫に入ったのですか⁉」

滅多にない汪蘭の剣幕に私はブンブンと首を横に振った。

「い、いえ……金苑の大叔母が昔、宮女《きゅうじょ》をしていたらしくて。た、ただの噂よ」

「そ、そうでしたか……」

汪蘭はそれを聞いてほうっと息を吐いた。ひりついていた空気が緩む。

「ねえ、ただごとではなさそうだけど」

「……あまり良い話ではありません。十年前にも同じ怪談が広まったことがあったのです。願いが叶う石があるからと、願掛けをするために実際に龍圭殿に忍び込んだ衛《え》士《じ》や宮女《きゅうじょ》がいたそうで……」

確かにそれは問題だ。いくら願掛けだろうが、宝物庫に侵入しようとすれば騒ぎになるだろう。下手をすれば御物《ぎょぶつ》を盗もうとしたとされ、極刑でもおかしくはない。

「分かった。それについては他の子たちにもしっかり釘を刺しておくわ」

「はい、よろしくお願いします」

汪蘭はまだ顔色が優《すぐ》れない。

伏せた瞳は悲しげに揺れていた。何か訳ありな様子なのは一目瞭然だ。

（……変な汪蘭）

更に問うべきか——そう考えた時、部屋の外から私を呼ぶ声が聞こえた。

「朱妃、お手紙が届いております。少しよろしいですか」

「はーい！　ねえ汪蘭、ちょっと待ってて」

「……いえ、私のことは、どうか気にならさないでください」

汪蘭は静かに微笑み、部屋から退出していった。

部屋に残った私は石林殿からという手紙を前にうーんと唸《うな》る。

飴《あめ》のように艶《つや》やかな材質の文机《ふづくえ》に置かれた簡素な手紙は、何だか白い石を連想させる。つい先程の囁《ささや》く石の話を思い出してしまっていた。

「石林殿の胡嬪への返事はどういたしましょう」

汪蘭と入れ替わりでやってきた金苑がそう尋ねてくる。

なかなか開く気にならずにぐずぐずし、ようやく開いた胡嬪からの手紙は石林殿への招待状であったのだ。

私の位は妃《きさき》で、彼女は嬪《ひん》である。妃《きさき》の方が位《ひ》が上になるので、誘いの手紙といっても強制的に行かなければならないなんてことはない。断るのも自由だ。しかし、少し前の恩永玉の件もある。

「ねえ、使いの宮女《きゅうじょ》って朱華だったの？」

「いえ、違う宮女《きゅうじょ》でした。その朱華のことで胡嬪がお話があるとのことです」

私は少し考え込んだ。罠かもしれない。それを考えれば敵地である石林殿に行くのは危険だ。例えば最初に青妃《せいひ》の青薔宮《せいしょうきゅう》に行った時のように。青妃は私に悪意を持っていなかったから、ただの悪戯《いたずら》で済んだ。だが、もしも胡嬪に悪意があるのなら、私を閉じ込めるなり、随伴の宮女《きゅうじょ》を人質に取るなり、なんだって出来るだろう。今は雨了が不在だから尚のこと。親しくしているわけでもない胡嬪を信じ切れないのは事実だ。しかも、あの朱華の主人なのだ。だが行かないことで朱華についての話を聞き逃《のが》すのも、何だか心配だった。

「……ねえ金苑、薫春殿に招くという形にしても大丈夫かしら」

「ええ、勿論《もちろん》でございます。そうなればもてなしの準備がありますし、あちらとの予定をすり合わせますので、今日中は難しいでしょう。早くて数日後になります」

「しばらくは特に予定はないから、金苑たちに任せるわ」

「かしこまりました」

金苑は常と同じくごく冷静なように見えたが、胡嬪の宮女《きゅうじょ》である朱華に仲の良い恩永玉を虐《いじ》められた怒りは、今もその瞳の中で静かに燃えていた。

きっと金苑に任せれば、胡嬪の来訪にもなんら問題がないように段取りをしてくれるだろう。

金苑が胡嬪の宮女《きゅうじょ》と予定をすり合わせ、胡嬪の来訪は二日後の午後と決まった。それまでに掃除やもてなしの準備を済ますべく、薫春殿はばたばたと慌ただしくなる。

そんな中、私は恩永玉を呼び出した。

用件は勿論《もちろん》、朱華についてである。恩永玉に科した罰《ばつ》は、もう終わっていた。

「あの、お呼びと伺《うかが》いましたが……」

恩永玉はおどおどと私の方を窺《うかが》っている。その様はまるで小動物か何かのようでか弱い愛らしさがある。

けれど、その細腕でも、私が与えた罰《ばつ》の水汲《く》みや草むしりの力仕事もきちんとこなしていたのを知っている。本来とても真面目で良い娘なのだ。

「金苑から聞いたかもしれないけれど、明後日《あさって》に石林殿の胡嬪が訪れる予定になっているの。あちらも宮女《きゅうじょ》を連れてくるでしょうから、もしかすると朱華と顔を合わせることになってしまうかもしれない。……それで、恩永玉はどうしたい？」

「どう、とは……」

「もし朱華の顔を見るのも嫌なら、当日は裏方の仕事で構わないけれど」

私の言葉に、恩永玉はきゅっと唇を引き結び、真剣な面持《おもも》ちをして首をプルプルと横に振った。

「いいえ、出来ることなら私も朱妃のお側に置いていただきたいです。私は一度朱華の言葉に屈してしまいました。朱妃はそんな私を許してくれましたが、だからと言ってこのまま逃げて良いはずありません」

「大丈夫なのね？」

「はい。もう朱華の言葉に惑《まど》わされません」

「それじゃあ、当日は金苑と共に私の側に付いてもらうわね」

「はい、お任せください！」

恩永玉は両の手をきゅっと握り込んで大きく頷《うなず》いた。

真面目ではあるが少し気弱で大人しすぎるきらいがあった恩永玉が、芯の強さを見せたことが、自分のことのように嬉しくて誇らしかった。

「それから、恩永玉の実家の方はどうなの？　あれからまだ連絡とかはない？」

「……そうですね。私の方から仕送りをしたので当座は凌《しの》げるかと思います。吹けば飛ぶような小さな商家ではありますが、私の仕送りがあれば、妹や弟が飢《う》えることはないでしょう……」

恩永玉の実家は商家であり、朱華のせいとはいえ一度大きく躓《つまず》けば商売はあっという間に負債を抱え、坂道を転がる雪玉のように大きくなってしまう。恩永玉の態度からしてあまり芳《かんば》しくないのは察せられた。

恩永玉も心配だろうが、後宮にいては簡単に様子を見に行くことも叶わない。見舞金を私の方から送ろうかと提案したのだが、恩永玉から固辞されていた。

「ねえ、恩永玉。貴方の実家の商《あきな》いって、遠方から食材を買い付けてきたりもするのよね」

私はふと思い付いて、そう尋ねてみた。

「え、ええ。そうですが……」

恩永玉は私の言葉にキョトンとしたように首を傾《かし》げた。

「実は、仕入れてほしいものがあるのだけど」

「ああ、そういうことでしたか」

恩永玉は納得したように頷《うなず》いた。だが、あまり浮かない表情のままである。

「ただ、うちの店は使用人を含めても少人数の店ですので、あまり多くの品は扱えなくて。今回の負債も鮮度が重要な品を大量に発注されたのですが、その後音信不通にされてしまったことが原因なのです。ですから、朱妃のお気持ちは嬉しいのですが、ご期待に添えるかは……」

朱華が恩永玉の実家に圧力をかけた際の詳しい話は聞いていなかったが、どうやらそういう事情であったらしい。確かに一度騙《だま》されると店側も新たな客をなかなか信用出来なくなる。結果、行き詰まってしまうこともあるだろう。

しかし私はそれで諦めず、恩永玉の手をしっかりと掴んだ。

「いいえ、だからこそ恩永玉を通したいのよ。ご両親も不安だろうから、先払いしても構わないわ。私はどうしてもろくにあの乾物《かんぶつ》をあげたいだけなの！」

「あの乾物《かんぶつ》……以前に青妃の宮女《きゅうじょ》から頂いたものですね」

部屋の片隅で丸くなっていたろくも、自分の名前が出たからか、顔を上げて「じゅう」と小さく鳴いている。緑色の瞳を真ん丸にしてこちらを期待しているように見上げてくる。ろくはとてもお利口で人の話す言葉が分かるのだ。きっと美味しい物を食べられると勘付いたのだろう。

「ええ。あの魚の乾物《かんぶつ》を薄く削ってかけると、餌《えさ》への食いつきがすごく良くて。毎日頑張ってるろくにご褒美をあげたいから、是非とも手に入れたいのよ。食品だけど長く保存出来るそうだし、ご実家の方にお願い出来ないかしら」

たくさんあげるのは猫には体に悪いそうで、あげるのはごく少しではあるが、ろくがとにかく喜ぶ。

毎日淀《よど》みを狩るのを頑張ってくれているろくのために、定期的に購入出来るようにしたい。そもそもろくは猫ではなく妖《あやかし》なので、体に影響があるのかも分からないのだが。

「分かりました。そういうことでしたら父に取り寄せが出来るかの連絡をしてみます。確かなるべく塩気が少ないものが良いのでしたよね」

「ええ、そう。お願いね！　それから、お節介かもしれないけれど、恩永玉の実家に薫春殿で使っているのと同じ香を送りたいのだけど」

「あの邪気払いの香を……良いのですか⁉」

茉莉花《まつりか》と匂天竺葵《においてんじくあおい》の香はいつのまにやら宮女《きゅうじょ》たちの間で邪気払いの香と呼ばれるようになっていた。恩永玉の実家付近なら、外から淀《よど》みが集まってしまう後宮の中より少ないはずだが、気持ちが弱っている時ほど淀《よど》みに憑《つ》かれやすいのであれば、この香が少しは役に立つかもしれない。

「他の宮女《きゅうじょ》たちにも聞いて、希望があれば各自の実家に送ってあげようと思っているの。ちょうど良い調合の量を教えるから、いずれは自分たちで用意してもらおうと思うけれど。それで、実家が商家っていうなら丁度良いし、どうせならそれを売ってもらって、どんどん世間にも広めてほしいのよ」

現状、馬理国との間に戦《いくさ》が起きる可能性があるということは、これから世の中が荒れるかもしれないということだ。そうなればきっと後宮の外にも淀《よど》みが増えることだろう。

朱妃愛用の香とでも宣伝をすれば多少は流行しそうだし、それで少しでも淀《よど》みに憑《つ》かれる人を減らせるかもしれないなら、試す価値はある。

「は、はい。朱妃のご意向は理解しました。では実家にはそのように連絡をしてみます」

「それだけじゃなく、恩永玉には今説明したことのまとめ役をお願いしたいのだけど、良いかしら」

そう告げると恩永玉は目を丸くした。

「そんな、わ、私などに……もっと適任の者が……」

「いえ貴方は実家が商家だからか、商《あきな》いに関して知っていることが多いし、私には適任だと思える。真面目でしっかりしている貴方になら任せられるわ」

私は私で、他の対処法も色々模索したい。手はいくつあっても足りないから、自分の仕事をしながらも手伝ってくれる宮女《きゅうじょ》は本当に得難《えがた》い存在なのだった。

「朱妃……ありがとうございます。私なんかで良ければ……いえ、なんとしてもご期待に添うべく、尽力いたします」

手伝ってくれる恩永玉へはこちらが感謝したいくらいなのだが、彼女は感激したように目に涙を浮かべ、手をプルプルと震わせて私の手を強く握ったのだった。


そして二日後、いよいよ胡嬪の来訪の日が訪れた。

金苑の指揮で完璧に整えられた薫春殿に、胡嬪とその宮女《きゅうじょ》たちがやって来たのは約束の時刻ぴったりだった。

私も雨了が来る時のように全身を磨《みが》き上げられ、きっちりと化粧をされ、とっておきの着物も着せられている。少しでも威厳を高めるためだと金苑は言っていたのだが、私が良い着物を着たところで威厳が出るとは思えない。だが本気を出した金苑に口で敵《かな》うはずもなく、大人しく豪奢《ごうしゃ》な着物を着る羽目になったのだった。

随伴の宮女《きゅうじょ》は朱華を含めて五名。胡嬪は形式通りの礼を取り、静かに私の前に座《ざ》した。

朱華と、その隣にいる、能面のように肌を化粧で塗り固めた宮女《きゅうじょ》には、背にべったりと張り付いた黒い淀《よど》みが見えた。朱華の淀《よど》みは僅《わず》かな期間で大きくなっているようだ。

残る三人の宮女《きゅうじょ》と胡嬪本人には淀《よど》みは憑《つ》いていない。だが、私のいる方からは見えないだけという可能性もあるのでまだ安心は出来ない。

ろくも今日ばかりは別室に隔離で、今は汪蘭が面倒を見てくれている。汪蘭は薫春殿の宮女《きゅうじょ》の中では年齢も年季も上だが、人前に出るのは苦手なようで、頑《かたく》なに首を横に振られてしまったのだ。

それで言えば恩永玉も同じ気質のはずだが、恩永玉の方は今日はとにかく張り切っており、全く迫力のない顔で朱華を睨《にら》んでいる。残念なことに子犬の威嚇《いかく》ほどの微笑ましいかわいさしかない。

胡嬪の宮女《きゅうじょ》たちは全員が朱華に負けず劣らずの華やかな美女揃いだった。

顔だけなら我が薫春殿の宮女《きゅうじょ》だって負けてはいない。しかし、宮女《きゅうじょ》のお仕着せは同じだが、あちらは各々が濃い化粧と色鮮やかな帯玉《おびだま》や髪飾りで色を添えているため、薫春殿の宮女《きゅうじょ》よりもぐっと華やかさを感じる。

しかし以前禽舎《きんしゃ》でも会ったが、胡嬪本人だけはその中で全く異なった雰囲気の女性である。いや、周囲の宮女《きゅうじょ》が派手——もとい華やかであるから余計にそう感じるのかもしれない。何せ彼女は一般的に地味と言われるような容貌《ようぼう》なのだ。

決して不美人ではないのだが、言葉に困ってしまうほど特徴が乏《とぼ》しい。並顔の私からすれば、親近感を抱いてしまいそうな、平凡な顔立ちと雰囲気の女性だ。

体型も中肉中背。ほっそりと顎《あご》の尖《とが》った瓜実顔《うりざねがお》に自己主張のない目鼻立ちは上品といえば上品な類《たぐい》だろう。あまり表情を動かさないから、余計にそう感じさせるのかもしれない。

更には胡嬪の住まう石林殿を体現したかのような、翠《みどり》がかった灰色の着物を着ていることもあり、何だか玉の中に混じった石みたいだと改めて思ってしまう。

立ち振る舞いは落ち着いているし、肌の質感などから私の年齢よりも少し上くらいだろうと察する。二十代半《なか》ばから後半であろう汪蘭よりは下に見える。そうであれば雨了や青妃と同年代なのかもしれない。ただ色味が少なく、地味に見えてしまう着物のせいで、より年齢不詳に感じてしまうのだ。まるでわざと目立たないように装っているかのようだ。

話し始めてからもその印象は変わらない。静かで平坦な声色は、まさに宮殿の名の通り、冷たく無機質な石。しばらくは自己紹介から世間話などの他愛もない話をしていたが、いつまで経っても最初の印象の通り硬い石のままで、彼女の真意は全く掴めなかった。

やがて雑談の種も尽き、会話の間に空白の時間が生まれる。そろそろ朱華について聞こうと唇を開きかけたその時、僅《わず》かに早く胡嬪が口を開いた。

「ところで話は変わりますが、朱妃はこちらの宮女《きゅうじょ》、朱華の妹御《いもうとご》であられると伺《うかが》っておりますが」

「え、ええ。その通りではありますが、腹違いですし、親しくはありません。朱華が宮女《きゅうじょ》になったことも、私は一切関与しておりませんから」

それを聞いた胡嬪はやはり石のように表情を変えずに小さく頷《うなず》いただけだったが、当の朱華は紅を塗った唇を半開きにしてこちらを見てわなわなと震えていた。よく見ると隣にいる宮女《きゅうじょ》が朱華の着物の袖《そで》をしっかりと掴んでおり、おそらくは私と話すなとても厳命されているのだろう。

「率直に申し上げますと、本日はその朱華のことで参りました」

「ええ、伺《うかが》っております。詳しいことを聞かせてください」

胡嬪は顎《あご》を引くように頷《うなず》くと、後ろに立つ朱華を示した。

「こちらの朱華は、朱妃と血を分けた姉ということもあり、妹に傅《かしず》き薫春殿で働くのは気まずいだろうとわたくしの石林殿の宮女《きゅうじょ》にいたしました。ですが常々《つねづね》仕事の手を抜きがちで、こちらでも少々持て余しております」

そこまではなんとなく納得がいく話である。朱華はとにかくお嬢様育ちで、蝶よ花よと周囲から甘やかされてなんでもやってもらっていた。いざ働くにしてもどうすればいいかなど分からないのだろう。そのくせ気位ばかり高いから、誰かに聞くことも出来ず、なんとなく見様見真似《みようみまね》で済ましてしまう。結果、どの仕事も出来が中途半端になるといったところか。

「それでも、一度引き受けたのですから責任を持って教育しましたし、不幸続きとのことで朱家の方にも見舞金を送るなど、わたくしなりに心を尽くしてきたつもりです。しかしながらわたくしの目の届かないところで、朱妃の姉という立場を利用していたようなのです」

胡嬪はそう淡々と続ける。まるで本を朗読でもしているかのようなつらつらとした言葉からは、胡嬪の感情は全く見えないまま。こちらもどう反応すべきか難しい。

「あの、それはどこから知ったのですか」

私がそう問うと、胡嬪は別の宮女《きゅうじょ》を指し示した。

「こちらの宮女《きゅうじょ》が、朱華からそういった内容を自慢話として聞かされたと、わたくしに報告して参りました」

話を振られた宮女《きゅうじょ》は肩をびくりと震わせ、こちらに向かってその通りだと言うようにこくこくと頷《うなず》いた。朱華はそれを睨《にら》みつけるが別の宮女《きゅうじょ》に肩を押さえつけられ、悔しそうに唇を噛んでいる。

「なるほど。それで、胡嬪は何故それを私に話そうと思ったのですか」

胡嬪は全く揺らがない瞳のまま私を見据えた。感情が読めないので何だか人形のようだ。青妃のことも人形のようだと感じたが、あちらは容貌《ようぼう》が整いすぎて、いっそ作り物めいて見えるからであり、胡嬪はその感情の見えない無機質な口調と鉄面皮からそう感じるのであった。

「今話したことが真実かを、まず確かめたく思ってのことです。報告によれば、朱華は薫春殿の宮女《きゅうじょ》を恐喝《きょうかつ》し、意のままに操ろうとしたとのこと。こちらに、朱華に恐《きょう》喝《かつ》された宮女《きゅうじょ》はいますか」

恩永玉が僅《わず》かに肩を震わせた。

私は少し考えてから頷《うなず》いた。

「います。その者は朱華から実家の商家を潰すとまで言われ、私に嫌がらせをするように強要されたそうです」

「犯罪教唆《きょうさ》ということですね。その宮女《きゅうじょ》は、まだ薫春殿にいるのでしょうか。もし、朱華に脅《おど》された通りに朱妃に嫌がらせをしていたのでしたら、宮女《きゅうじょ》の任を解かれ、放《ほう》逐《ちく》されていたとしてもおかしくはありませんが」

「まだいます。彼女は朱華に屈しかけはしましたが、それを私に打ち明けてくれました。私は罰《ばつ》を与え、彼女はそれをやり遂げたので、それでことを収めました。私の大切な宮女《きゅうじょ》ですから手放《てばな》すつもりはありません」

「そうですか、穏便に済んだようで何よりです」

「穏便に済んだとはなんですか！」

大きな声でそう口を挟んできたのは金苑であった。いつも冷静な彼女だが、大切な友人の恩永玉のことになると途端に頭に血が上ってしまうのだ。わなわなと怒りに震えている。

「お、落ち着いて」

「朱妃、落ち着いてなどいられません！　全て恩永玉のせいにされて、宮女《きゅうじょ》を辞めさせられてもおかしくはありませんでした！　恩永玉のご実家もそこの朱華に潰されるところだったのですよ！　ちょっとした悪戯《いたずら》で済む話ではありません！　きちんと理解しているのですか⁉」

金苑の激しい剣幕に、根っこでは気の弱い朱華は仰《の》け反《ぞ》って一歩下がった。だが胡嬪は大岩のように身動《みじろ》ぎもせず、金苑をじっと見つめていた。

「失言したようで、申し訳ありません。その方が今もまだ宮女《きゅうじょ》であるのならば、こちらからもお詫《わ》びが出来る、という意味でございました。恩永玉、というのはどなたでしょう」

「あ、え、えっと、私です……」

今日は珍しく負けん気を見せていた恩永玉だったが、それでも急に呼ばれて前に出るのは戸惑うらしい。いつものおどおどした様子に戻ってしまっていた。

「石林殿の宮女《きゅうじょ》がご迷惑をおかけしたこと、お詫《わ》び申し上げます。大変申し訳ありませんでした」

声色も表情も大きくは変わらないが、それでも胡嬪は高い身分でありながら、ただの宮女《きゅうじょ》でしかない恩永玉に深々と頭を下げる。続いて周りの胡嬪の宮女《きゅうじょ》もそれに倣《なら》った。朱華だけはふてくされた顔をして、気まずそうに目を逸《そ》らしている。

「失礼でなければ恩永玉のご実家への補償《ほしょう》をさせてください」

「い、いえ、そこまでは……」

「いいえ、朱華はわたくしの宮女《きゅうじょ》ですから。彼女の責任は主人のわたくしが取ります」

固辞する恩永玉に胡嬪は何度もそう言い、恩永玉は遂《つい》にそれを受け入れたのだった。

しかし話はこれで終わりというわけにはいかない。

「……ですが、朱華は恩永玉に謝ってはいませんよね」

謝れば済む訳ではないが、朱華は胡嬪たちが頭を下げても自分だけはそうしなかった。私がそう言うと、朱華はサッと怒りで顔を赤らめた。

「その通りですね。朱華、謝罪をなさい」

感情のこもっていない声でそう促《うなが》され、朱華はしぶしぶとばかりに頭を下げた。

「……すみませんでした」

全くそうは思っていないような顔で、下げた頭を上げるなり、私を憎々しげに睨《にら》んでくる。これはどうしようもなさそうだ、と思ったところで胡嬪が朱華の方を振り向いた。

「……朱華。それではいけません」

「で、でもちゃんと謝りました」

「そうですか。でしたらわたくしは貴方を庇《かば》うことを止めます。貴方は恐喝《きょうかつ》及び犯罪教唆《きょうさ》の罪に問われることになります。もう宮女《きゅうじょ》ではいられませんし、それらの罪でしたら、おそらくは良くて鞭《むち》叩きの刑でしょう。男の刑吏《けいり》の前で裸にされ、何十回も鞭《むち》で叩かれます。背中の皮膚は裂け、途中で息絶《た》えることも少なくありません。そうして体力が落ちれば感染症にかかる確率が高くなり、高熱が出て生死の境《さかい》を彷徨《さまよ》い、生き残ったとしても生涯消えぬ傷が残るでしょう。――それで、お許しいただけますか？」

最後の一言は恩永玉に向けてであった。恩永玉は鞭《むち》叩きという言葉に、自分が叩かれるわけではないのに真っ青になってしまっている。私も聞いているだけで血の気《け》が引きそうだった。胡嬪の淡々とした話し方はこんな時には恐ろしさが増すらしい。

それ以上に、朱華は突きつけられた現実に真っ青になり、ガクガクと痙攣《けいれん》でもするかのように震え始めた。

「もっ、申し訳ありませんっ！　胡嬪！　どうか……！」

「謝るのはわたくしにではないでしょう」

その言葉を聞くや否《いな》や、朱華は恩永玉の前に跪《ひざまず》き、涙をはらはらと零《こぼ》した。その様子はさすがに朱華といえども演技ではない。

「申し訳ありませんでした……！　どうか、どうかお許しを！」

「え、ええ、あの、立ってください」

「許してくださらなければ立てません！　どうかお許しください！」

「ええと……しゅ、朱妃、どうしましょう……」

「恩永玉の好きなようにしていいわよ」

朱華は私の姉ではあるが、今回の被害者は恩永玉だ。

恩永玉もそれを聞いておずおずと頷《うなず》いた。

「で、でしたら私は許します。その前に、誰かを脅《おど》したり、もうこんな酷《ひど》いこと、二度としないと約束出来ますか？　それから、血が繋がっているからといって朱妃に迷惑をかけるようなこともです」

「はい、約束いたします！」

「じゃあ、許します。立ってください。顔も拭《ふ》いてください」

「ああ……ありがとうございます！」

恩永玉は懐《ふところ》から手巾《しゅきん》を出して朱華に渡した。朱華はそれで顔を拭《ぬぐ》うと涙と冷や汗でドロドロに溶けた化粧がひどい有様《ありさま》である。淀《よど》みに憑《つ》かれた朱華に恩永玉が密着していたから少し心配だったが、恩永玉は大丈夫のようだ。

それでもようやくこれで朱華のことが決着したのだとホッとした。だが、胡嬪は朱華が謝る姿にも心を動かされる様子はなく、何の感情も浮かべない石のような瞳でただ静かに成り行きをじっと見ているだけだった。その眼差しは何を考えているのか分からず、ひどく薄気味悪い。

「では、許しは得たようですので、朱華には罰《ばつ》を与えます」

ようやく口を開いた胡嬪はそんなことを言った。

「……そんな……」

朱華はまた真っ青になって震えている。

胡嬪のその言葉に、決着がついたと思ったのは気のせいで、最初から胡嬪の意のままの茶番でしかなかったのだと、私はこの時ようやく気が付いたのだった。

「わ、私は謝りました！　恩永玉も許してくださると！」

朱華は半狂乱になりながら自己弁護をしている。

「そうですね。朱妃側への対処はそれで済んだかと思います。よろしいでしょうか、朱妃」

突然こちらに話を振られ、私は戸惑いながらも頷《うなず》いた。

「え、ええ。恩永玉にも謝ってくれたし、本人も反省しているのなら……」

「はい。ですので、あとはこちら側の問題、石林殿の面子《めんつ》を潰したことへの罰《ばつ》です。ご存知かもしれませんが、わたくしの立場はあまり良いものではありません。皇帝陛下の愛妃たる方に楯突《たてつ》いたと、万が一にも思われてはなりませんから」

そういえば汪蘭が言っていたはずだ。胡嬪は十年前、雨了側ではなく当時の王弟側に付いた武官か何かの娘だったはず。その後、人質として後宮に入ったのだと。

思えば、これまで朱華はともかく、胡嬪本人はたまたま行き合った時を除けば私に接触しようとしなかった。今回のことも、私の不興を買わないよう私と朱華の間柄を確認してから話を進めてきた。朱華にやたらと厳しい対応なのも納得できる。私が朱華への情が薄いと判断したからこその厳しい罰《ばつ》なのだ。

その石のように感情の見えない態度も、やけに地味な着物も、それが彼女を守る鎧《よろい》なのかもしれない。彼女の複雑な立場であれば、愛妃の私に楯突《たてつ》く行為は皇帝陛下に反旗を翻《ひるがえ》すと思われてもおかしくない。血縁者の朱華を焚《た》き付けてやらせたのだと、そう思われないようにわざと厳しくするしかない。そんなところだろうか。

「胡嬪！　お願いします！　もう致しませんから！」

「もうしないのは当たり前の話です。さて、どんな罰《ばつ》が良いでしょうか」

「はぁい、胡嬪、やはり鞭《むち》で叩きましょう！　女の細腕ですもの、刑吏《けいり》に叩かれるほどの怪我にはなりませんでしょう？」

そう言ったのは、それまで黙っていた胡嬪の宮女《きゅうじょ》の一人である。朱華以外に淀《よど》みに憑《つ》かれている宮女《きゅうじょ》で、塗り固めた厚化粧の彼女は甲高《かんだか》い声でケタケタと笑いながらそう言った。その悪辣《あくらつ》な雰囲気はまるで以前の朱華のようだ。

「いいえ、鞭《むち》は打つ方も腕が疲れますし大変です。爪を剥《は》ぐというのは？」

「うふふ、痛いのは可哀想ですわぁ。ですからぁ、頭を丸刈《が》りにしましょう！」

しかし他の淀《よど》みに憑《つ》かれていない宮女《きゅうじょ》までそれに賛同し、残酷とも言える案を嬉々として出し始めた。彼女たちはクスクスと楽しげに声を上げて笑っている。朱華はそれを聞いてわあっと泣き声を上げた。無理もない。仲が良かったかは知るよしもないが、それでも同じ宮殿の仲間のはずだ。なのにこれではまるで公開処刑だ。

「そ、そこまでしなくても。わ、私は水汲《く》みと草むしりを一週間という罰《ばつ》でした。朱華もそれくらいで良いのではないでしょうか」

さすがに哀れに思ったのか、恩永玉がそう申し出た。あれだけ怒っていた金苑ですらそれに頷《うなず》く。水汲《く》みも草むしりも、一人でやるのはかなりきつい仕事だ。言うほど軽い罰《ばつ》ではない。

しかし、胡嬪は全く表情も変えないまま言ってのけた。

「いいえ、それを科したところで朱華はろくにやらず、平気で出来ませんでした、無理でした、とメソメソ泣いて終わらせようとするでしょう。仕事が出来ない宮女《きゅうじょ》に、罰《ばつ》で仕事をさせようとするのはあまり得策ではありません」

確かに朱華が言いそうなことだ。一週間と区切れば、それまでを適当に済ませてしまえば罰《ばつ》は終わるのだと朱華なら思うかもしれない。水汲《く》みは必須なのに、重くて出来ませんでしたと朱華が汲《く》まずに放っておけば、誰かがその分を肩代わりしなければいけなくなる。結局大変なのは周囲だ。

「それに石林殿には草の生《は》えた庭はほとんどありません。その名の通り、石の林……砂利《じゃり》を敷き、形の良い大岩や原石などを並べてあるのです。薫春殿のような緑豊かな庭と違い、毟《むし》る草も生《は》えてはきませんから、そもそも罰《ばつ》になるほどの仕事にはならないのです」

「石とは言ってもとても趣《おもむき》があって素敵なのですよ。鳥や獣の剥製《はくせい》なんかも置いてあるのです」

「ええ。水晶や玉石の原石だから、それぞれ色味が異なるのです。南国を模した縞《しま》模様の石に、青や黄色の鮮やかな鳥の剥製《はくせい》を止まらせている様子はそれはそれは美しくて……」

「様々な地域から集められた石なのだそうです。本当に素敵な石庭なので朱妃にも一度ご覧になっていただきたいですわ」

「へ、へえ、そうなの……」

それまで静かにしているか、嬉々として残酷な罰《ばつ》を出す以外殆《ほとん》ど喋らなかった胡嬪の宮女《きゅうじょ》たちが、興奮した面持《おもも》ちで口々に石林殿の自慢を始める。うっとりと頬を赤らめて言うことが庭の石の話というのは何だか不可思議であるが、胡嬪からして風変わりなので、宮女《きゅうじょ》も相応に変わっているのかもしれない。

そんな中、朱華だけは真っ赤な目をしておどおどとしていた。話は庭のことへ移ってしまったが、朱華はいつ酷《ひど》い罰《ばつ》を言い渡されるかと、生きた心地がしないのだろう。

「……脱線はそれくらいにしておきましょう。石林殿の庭よりも今は朱華の罰《ばつ》のことです」

胡嬪がそう言えば宮女《きゅうじょ》たちは恭《うやうや》しく頭を下げて口を閉じる。朱華だけはひいっと声を上げて震えた。

「出た案は鞭《むち》打ちに爪剥《は》ぎ、ああ丸刈《が》りもありましたね」

「い、痛いのは嫌です！　どうかお許しください……」

恐怖に顔を引きつらせ、自慢の黒髪も振り乱している。

「朱華、本当に反省したのですか」

「はい、しました！　ですから、どうか……」

「では、その自慢の髪を切りましょう。丸刈《が》りとまでは言いませんから安心なさい」

「え……髪、を……？」

さあっと青ざめていく朱華。私からすれば鞭《むち》で叩かれるのや爪を剥《は》がされるのに比べればずっと軽い罰《ばつ》だと思えるのだが、朱華はその長く伸ばした黒髪をとにかく大切にしているのだ。朱家にいた時からずっと、毎日髪の先まで手入れを欠かさず、黒く艶々《つやつや》とした髪を保《たも》っているのを私は知っていた。

その髪を切れと言われて、痛い罰《ばつ》よりは良いかもしれないが、今度は欲が出てきて躊躇《ためら》う気持ちになったのだろう。

朱華は震えながら、助けを求めるように私を見てくるが、さすがにこれ以上は無理だ。血の繋がった私の姉かもしれないが、私の宮女《きゅうじょ》ではない。そもそも朱華は加害者なのだ。ここで助けるのは甘やかすだけだ。髪であればまた伸びるし、死ぬわけではない。

「……朱妃、わたくしは大切な宮女《きゅうじょ》に対してここまでするのです。どうか石林殿は皇帝陛下に叛意《はんい》ありと思わないでくださいませ。わたくしは……ただ石のように静かに、平穏に生きたいだけなのです」

胡嬪は静かに淡々と、今までとまったく同じような声色でそう言った。

「朱華にも理解してもらわねばなりません。わたくしは愛妃たる朱妃とは違うのです。皇帝陛下に愛されることなど絶対にないわたくしには、石のようにただ静かに生きることのみが許されるのです。それはこの後宮にいる者全てが同様です。朱妃だけが特別であり、順序すらなく、愛されるのは最初から最後までたったお一人だけなのです。血を分けた姉である貴方とて例外ではありません。それを身を以《もっ》て分からせるため、わたくしは貴方の大切な髪を切るのです」

「え、ええ……」

「……はい……」

私は愛妃、龍の番《つがい》だ。胡嬪の言葉はことさら胸をチクリと刺した。

本来は皇帝陛下から――雨了から愛される存在だ。けれど、私の手には雨了の鱗《うろこ》はない。どうしてもあれを手に入れなければならないのに。今のままでは私は未熟な愛妃でしかない。なのに周囲からは愛妃として扱われる。今の私の何が朱華や胡嬪と違うのか。私だって、朱家にいた頃には義母を恨み、朱華を羨《うらや》んでいたし、ただ祖父の形見に囲まれて静かに暮らしたいと思っていたのに。

見ればいつの間にか朱華は静かに泣いていた。先程までのように派手に騒ぐでもなく、縋《すが》り付くでもなく。感情の見えない胡嬪のように、物言わぬ石のように、ただ静かだった。

「——というわけだったのよ。会っている時間はあまり長くなかったけど、本当に疲れたわ。青妃以上に変わっている方ね」

「まあそうでしたか。朱妃、お疲れ様でございます」

「じゅうっ」

汪蘭と、私の膝に乗ったろくが労《いたわ》ってくれる。

胡嬪たちはその後、朱華の髪を切るために帰って行った。髪を切るには刃物が必要だが、彼女達が持ってきているはずもない。薫春殿としてもさすがに刃物を貸すことは避けたかった。

切り終えた髪は薫春殿に持って行きますと言われたが固辞した。一度見せにだけは来るらしいがそれも遠慮したい。というか石林殿は胡嬪も宮女《きゅうじょ》も風変わりなので避けたい。

私は息抜きを兼ねてろくと遊びながら、つい汪蘭に愚痴ってしまう。

「だからなのでしょうか……。胡嬪の着物、あれは一見すると地味な灰色ながら、とても凝《こ》ったものでした。同色で細かな刺繍がびっしりされていましたし、裏布は鮮やかで翡翠《ひすい》の原石を模していたのかもしれません」

「あら、汪蘭てばいつのまに見たの」

「ええ、実は気になって……こっそり覗《のぞ》いてしまいました。あ、お帰りの際に一瞬だけですよ！」

「全然気が付かなかったわ」

汪蘭は案外好奇心旺盛なのかもしれない。

そんなことを思いながら私は疲労を回復させようと、ろくの柔らかなお腹《なか》を吸い、六本の足でやんわりと顔を蹴られたのだった。

第二章

昼より夜、それよりも寝る時が一番寂しい。

両手両足を投げ出しても余りある広い寝台に、今夜も雨了はいない。遠い馬理に向かっているのだから、まだしばらく帰ってこないのは理解している。それでも今まではすぐそばにあった雨了の温もりが恋しかった。

温かい胸元に額を押し当てて眠りたい。ぎゅうっと強く抱きしめてほしい。

「……雨了に会いたいな……」

手を伸ばしても触れるのはひんやりとした絹の寝具だけ。

目を閉じてる間に雨了が帰ってきていたらいいのに。

後宮に入り、雨了が来るまでは一人寝を寂しいと思ったことなどない。なのに雨了が留守にした途端、こんなにも寂しさが募《つの》ってしまう。

決して寒いわけじゃないのに、寒々しく感じて身を縮める。

「雨了……今、どこにいるの……？」

雨了に会いたい、今すぐそばに行きたい。せめて夢で雨了に会えたらいいのに。

そればかりを考えて私は眠りについた。


ふと気がつくと、私は見知らぬ場所にいた。

白っぽい天幕《てんまく》が張られている。砂埃の匂いに混じり、油の燃える匂いがしていた。天幕《てんまく》の外からはたくさんの人の気配。たくさんの人たちが焚《た》き火を囲み、小声で語らっている。そのざわざわした音はまるで潮騒《しおさい》みたいだ。

――何だか不思議な夢。

そう思ったのは私が立っていないからだ。

ふわふわと空中に浮いている。ふと気が付いた瞬間には横になって浮いていたが、体勢を変えてもまだ浮いたままで足が地面に付かない。手を翳《かざ》すと後ろの景色が透《す》けて見えた。さすがにこれでは現実と思えない。

ここがどこだか知らないが、夢の中で夢だと意識して動けることはそうそうないだろう。少し楽しくなってきた私は、空中を泳ぐみたいにふわりふわりと移動を開始した。

こっちだ、となんとなく思う方へ向かう。

立派な鎧《よろい》姿の近衛兵《このえへい》が置物のように突っ立っている。私の姿は見えないらしく、目の前で手をヒラヒラさせても無反応だ。

私はすぐに飽きて更に奥へと進む。

(多分、こっちに……なんだっけ。すっごく大切な……)

何かを求めてひたすら進み、私は奥の方に目を止めた。

(……そっか、雨了だ)

天幕《てんまく》の一番奥、薄い紗《しゃ》で仕切られた中央には雨了がいた。

いつもより簡素な格好の雨了はもう寝る支度《したく》を済ませたらしい。長い艶《つや》やかな黒髪はほどかれて、その背をさらさらと流れている。

静かに俯《うつむ》いた雨了は手元の書物を読んでいた。微《かす》かにパラリと頁《ページ》を捲《めく》る音が聞こえる。夢でも悔しいほど綺麗な顔だ。一人でいる時の雨了は当たり前だが何の表情も浮かんでいない。いつもうるさい口も閉じている。ただただ整った顔に見惚《みと》れた。

(まるで本物みたい)

夢でいいから会いたいと、そう願ったからだろうか。

私は雨了に近付いた。

夢だから紗《しゃ》の仕切りもそのまますると抜けられる。薄い紗《しゃ》は私が通っても揺れさえしない。

不意に雨了が書から顔を上げ、私の方を向いた。

(誰にも見えないはずなのに、どうして……)

黒い瞳がゆっくりと鮮やかな青に染まっていく。それを間近ではっきりと見て、思わず私の胸は高鳴った。

「莉珠《りじゅ》……?」

雨了は瞳を青く光らせて私の方を見ている。

雨了だけが私に気が付いてくれた。そう思うと嬉しくて仕方がない。さっきから胸がドキドキしていた。夢だとしても雨了に久しぶりに会えたことが嬉しくて、むず痒《がゆ》くて、胸がきゅうっとするのに、すごく暖かい気分になる。

——これはただの夢のはずなのに、すごく嬉しい。

私はふわふわと浮かびながら雨了に近付いた。

「莉珠、もしやそこにいるのか? そなたに会いたさのあまり、引き寄せてしまったかのか……？」

雨了は私のいる方向にそっと手を伸ばしてくる。

（雨了も私に会いたいって、そう思ってくれたの……？）

夢の中だけど、もしもこれが本当だったら、なんて嬉しいのだろう。

私も雨了のその手に触れられそうなほど近くまで寄った。しかし雨了のその手は私に触れることなく、パタリと力なく降ろされた。

「……いや、気のせいか。茉莉花《まつりか》の香りがした気がしたが……」

そう雨了は呟いた。

『雨了、私はここにいるよ』

そう声をかけたが、夢の中では口がパクパク動くだけで声にはならない。雨了も気のせいだと思ってしまったらしく、もう私の方を向いたりもしない。先程まで胸にあった高揚感はぺっちゃんこに潰れてしまっていた。

「ああ、これのせいか……」

雨了が取り出したのは私がお守りとして渡した、祖父の形見が入った小袋だった。

「……まだ香りが残っている」

雨了はそれを鼻に近付けて嗅《か》いでいる。

身につけてずっと持ち歩いていたから、確かに私の匂いもするのかもしれない。

『わあっ！　やだっ！』

しかしながら体臭を嗅《か》がれるようなものなので、恥ずかしくていたたまれない。

やめてとばかりに拳を振り上げたが、雨了が気が付かない今は何の意味もなかった。

力尽くで止めようにも、雨了の体に触れることも出来ずに私の手は空を切るだけ。

誰にも気が付かれないなんて、まるで幽霊のようだ。そう、私以外には見えない円《えん》茘《れい》や、ずっと前に見た首吊《つ》りの男みたいに。そこにいるのに誰にも気付かれない、あんな感じ。

（……ん、もしかして、これは夢ではなく、私も幽霊だったりするのでは）

その可能性に思い至り、さあっと血の気《け》が引く。

もしもこれがただの夢ではなく、現実であるのなら、後宮外どころか都から遠く離れた場所にたった一晩で来れるはずはない。ましてや生身であれば透《す》き通ったりもせず浮かぶはずもない。ということは、つまり幽霊だ。

（ま、まさか、私もう死んでるとか？）

そんな考えが頭をよぎり、その考えを振り払うようにふるふると首を横に振った。

少なくとも死ぬような目にあった覚えはない。私は至って健康だ。胡嬪の来訪で疲れ果ててはいたが、いつもと同じように眠りについていた。

でも、生き霊《りょう》ならどうだろう。眠っている間に魂魄《こんぱく》が抜け出て、遠く離れた雨了のもとに引き寄せられたのだとすれば。確かに寝る前、私は雨了に会いたいと強く願っていた。そう、書物でも読んだことがある。どうしても会いたい思い人のもとへ、魂《こん》魄《ぱく》だけで飛んでいってしまったりするのだと。

（お、お、お、思い人……だなんて！）

何を考えているのだ、私は。思考から我に返り、首を振る。何故か熱など感じないはずの頬が熱くなったような気がして手で押さえた。

そして雨了の方を見て、私は声にならない声を上げた。

『雨了――!?』

雨了はいつのまにか具合が悪そうにぐったりともたれかかっていた。顔は真っ青で額からは脂汗が滴《したた》るほどである。

「つく……ぅ……」

ぎゅっと握った拳は、苦しいのか痛いのか、それらを耐えるように強く握り込まれ、手の甲には筋が浮いている。

『きゅ、急にどうしちゃったの？　だ、誰か人を……！』

けれど今の私は生き霊《りょう》のようなもの。私の声は誰にも届かない。流れ落ちる汗すら拭《ぬぐ》ってあげられない。その間にも雨了は苦しみ続け、脂汗を流しながら痙攣《けいれん》するように震えている。

私は自分の無力さに唇を噛んだ。

「う……っぐ……！　く……はぁっ、はあっ……」

『雨了……しっかりして……！　誰か！　誰でもいいから聞いて！　お願い！　雨了を助けて！』

寄り添ってあげたくとも、私の半透明な体はすかすかと空を切り、雨了の肩に触れることさえ出来なかった。

「陛下……？　どうかされましたか」

その時、救いのような声がかけられた。天幕《てんまく》のすぐ外で見張っている兵士のようだ。きっと雨了の苦しむ声を聞きつけてくれたのだろう。

良かった、とほっと息をついたのも束《つか》の間。

「……いや、なんでもない。少し魘《うな》されていたようだ。もう、休む」

雨了はそう言って自分の体調不良を誤魔化《ごまか》してしまった。

「さようでございましたか。お休みを邪魔してしまい申し訳ございません」

声をかけた兵士もそれを信じてしまったようだ。

「……構わぬ。夜番の勤め、大儀である」

「はっ、恐縮にございます。御身《おんみ》はこの命に替えてもお守りいたしますゆえ、どうぞご安心ください！」

「ああ……」

雨了は至極《しごく》平気そうな声でそう会話をしているが、相変わらず顔色は悪く、流れる脂汗もひどい有様《ありさま》だ。それをぐい、と袖《そで》で拭《ぬぐ》い、横になる。それでもさっきよりは少しましになったのか、ふう、と大きく息を吐いた。

「ああ……汚しては莉珠に怒られてしまうな……」

密《ひそ》やかな声でそう言うと、取り落としていた私の小袋を雨了は大切そうに拾い上げた。まだ苦しいはずなのに、私の小袋を両手で握り、幸せそうに薄く微笑む。

顔色も少しずつ良くなっていく。発作のような苦しみはそれほど長くは続かないようだ。

しかし私の脳裏には、かつての壁巍の言葉が過《よぎ》っていた。

――雨了はもう、長くはない。

龍の力が強くなりすぎて、もう人の身に釣り合わないのだ。

今の苦しみはおそらく、龍の力が暴走しているせいだ。それを雨了は気力だけで抑え込んでいる。本当は子供の頃に体の鱗《うろこ》が自然に取れるまでに龍の力を制御出来るようになるはずだった。しかしその鱗《うろこ》は雨了が自分から剥《は》がしてしまったし、渡された私はそれを失ってしまった。

私に出来ることは二つ。雨了の鱗《うろこ》を探し出すこと。雨了が出立《しゅったつ》してから、私は龍や鱗《うろこ》に関連しそうな文献を紐解き、また薫春殿を全てひっくり返すような大掃除までしたが、手がかりさえないままだった。

もう一つの方法は――雨了の人としての生を終わらせて、龍の身に戻すこと。雨了に残された時間は思っていたよりずっと短いのかもしれない。

雨了は苦しんでいる。もしかしたら、毎晩ああなのかもしれない。私と一緒に寝る晩もあるくせに、雨了はそんな様子なんて一度も見せなかった。

（……雨了の意地っ張り！）

いつのまにか雨了の青い瞳は瞼《まぶた》に閉ざされ、静かな寝息を立てている。

私は己の無力さを思い知った。私の手のひらには何もないままなのだ。

私に本当に番《つがい》としての資格があるなら、この手に雨了の鱗《うろこ》が戻るはずなのに。どうして。

（どうして、私には何も出来ないんだろう――）

私は雨了の寝顔を見つめていた。目を閉じていると、少し幼く見えるその寝顔。まだ少し顔色は悪いが、苦しいのはもう去ったのか安らかでさえある。

私は雨了が苦しい時にそばにすらいられない。私の体は後宮にいる。

『雨了……』

雨了がだんだん遠ざかっていく気がした。いや、多分、私の目覚めが近いのだ。

『早く、帰ってきて……雨了に会いたいよ……』

「……莉珠……」

私の意識が泡《あぶく》のように消える瞬間、雨了が私の名前を呼んだ気がした。

――目が覚めた。

ここは薫春殿の私の部屋。

寝台の細かな格子の透かし彫りから朝の日差しが入り込み、光が複雑な模様を刻んでいた。

窓の外から元気に囀《さえず》る小鳥の声が聞こえてくる。

私は身を起こす。いつも通りの朝だった。

「朱妃、お目覚めですか」

私が起きる物音が聞こえたのか、汪蘭が穏やかな笑顔で私の顔を覗《のぞ》き込み、そして
「まあ」と声を上げた。

「朱妃……どうかなさいましたか？　嫌な夢でも見ましたか」

心配そうに、そして安心させるように優しく微笑む。

何事かと思えば、私は無意識の内に泣いていたらしい。頬に冷たく濡れた感触がした。手の甲で頬を擦《こす》ろうとした私に、汪蘭が布を差し出す。朝の身繕《づくろ》い用の濡らした布で顔を拭《ふ》けば気分が少しすっきりした。

汪蘭は優しい眼差しで私が顔を拭《ふ》き終えるのを見守ってくれている。

私はそんな汪蘭に、顔も知らない生母がもしいたならこんな感じなのだろうかと少しだけ思うのだ。まあ、母にしては若過ぎるか。

「じゅううぅん」

ろくも寝床の籠《かご》から飛び降りて、私の肩に登り、頬をざりざりと舐《な》めてくる。猫の舌はざらざらしているのだ。六本足の妖《あやかし》の猫でもそれは変わらない。ざりざりと何度も舐《な》められると痛痒《がゆ》くて思わず笑ってしまう。

「……大丈夫。汪蘭、ろく、ありがとう。あ、それからおはよう」

「おはようございます。今日も良い天気ですよ」

窓から入る日差しは柔らかだ。ろくも肩から降り、日差しの当たる位置で「んじゅう」と鳴きながら伸びをしている。日差しを浴びて黒い毛が虹色に煌《きら》めく。平和で、穏やかで、そして暖かな朝だった。

雨了が今いるところは私には想像もつかないくらい遠いけれど、それでもきっと朝は朝だろう。

もう起きただろうか。そっちはどんな天気で、雨了はどんな朝を迎えたのだろうか。

昨晩の苦しみはもう良くなっただろうか。ちゃんとご飯を食べているのだろうか。

朝の日差しの眩《まぶ》しい照り返しに、私は目を細めた。


「——それでわたくしのところへ来たの？」

「ええ」

私はあの夢を見た日、すぐに青妃に連絡を取り、再び青薔宮《せいしょうきゅう》を訪れていた。

前回と同じく、恩永玉と金苑を連れて。そして今度はこちらから頼んで二人きりにさせてもらい、壁巍に会った話や昨晩見た夢の話を聞かせたのだった。

「青妃は壁巍を知っていると思って」

「……それは、龍の祖たるお方のことね。ええ、知っているわ」

「あの、なんでこんな夢を見るのでしょう。これはただの夢ですか？ それとも……本当に雨了のもとへ行ったんでしょうか」

青妃は私の話を聞きながら、僅《わず》かに朱唇を開くが何も言わずに閉じた。

彼女は造作が整いすぎていて人形めいている。こうして目の前にいてもなお作り物のような美しさがある。雨了と面差《おもざ》しは似ているのだが、人形のようだと感じるのは青妃だけだ。雨了は夢ではともかく現実では三秒とおとなしくしていないので、どんなに顔が綺麗でも人形とはまったく思えない。

「そうね……おそらく、わたくしは朱妃の知りたいことを朱妃よりは多く知っている。けれど全ては話せない。わたくしの身にも龍の血が流れているから、より強い龍の力には抗《あらが》えない仕組みなの」

青色の瞳がわずかに揺らぐ。風に吹かれた水面のように。

「それは話せることと話せないことがあるってことですか?」

「そう。何度か試してみたけれど、知っていることを伝えようとしても声が出ないの。多分、わたくしから話して聞かせても意味がない。自分自身で気付かなきゃならないことだからだと思うわ」

「私自身が……?」

「そう……あまりお役に立てなくてごめんなさい」

龍の子孫であっても、私からすれば目の色が青色なくらいでごく普通の人間にしか見えない。しかし、そういった制約のようなものがいくつか存在するらしい。壁巍も約束を守ることを大切にしているようだった。それが龍としての本能のようなものなのかもしれない。

「雨了にもそういう制約があるんですか」

「……どうかしら。雨了は龍の子孫としては別格に強いから。それに、そもそも制約に引っかかることは覚えていないかもしれないわ」

「それでしたら、青妃が話せることだけで結構です。思い出すのも辛いかもしれませんが、十年前のことを教えてもらえませんか」

「それは……何故？」

真っ直《す》ぐに見つめてくる青妃を私は見つめ返した。

「……私は雨了を助けたい。そのために、もっと雨了のことを知りたいんです」

私は自分の手のひらに視線を落とす。ここに来てから水仕事で手が荒れることもなく、手入れをされて爪の歪《ゆが》みも少しずつ良くなった、私の白い手。

でも、私は贅沢を享受するために妃《きさき》になったんじゃない。愛妃にはきっと愛妃としての役割があるはずだ。

「雨了には龍ではなく人として生きてほしい。そのためには鱗《うろこ》が必要なのに、でも、ないんです。だから、探さなきゃならない。何か手掛かりになることがあるとすれば、あの十年前のことなんじゃないかって……」

本当に手掛かりになるかなんて分からない。ただ、何もしないでいるのは耐えられない。ほんの少しでも足掻《あが》きたい。

夢で見た雨了の苦しむ姿を思い出す。あの夢だって真実とは限らない。けれど、雨了が人知れず苦しんでいるかもしれないと思うだけで胸が痛くて仕方がない。助けたい。なのに何の方法も思い付かないという堂々巡り。

青妃は私の言葉を聞いて小さく吐息を落とした。

「……分かったわ。十年前のことね。知っての通り、発端はわたくしの母だった。王弟である己の夫を皇位に就《つ》けたかった、そんなありきたりの動機だったけれど、運悪く賛同してしまう者が少なからずいたの。そして雨了は命を狙われることとなった。それは知っているでしょう」

かつて聞いた話に、私は頷《うなず》いた。

「わたくしや宮女《きゅうじょ》は真っ先に雨了を逃がそうとした。けれど雨了は優しすぎて、宮《きゅう》女《じょ》を庇《かば》って足に怪我を負ってしまった。だから、わたくしが囮《おとり》として雨了の着物を纏《まと》って時間稼ぎをした。怪我を負った雨了を逃がすために、乳母や慕っていた宮女《きゅうじょ》も結局は犠牲になってしまったの。守ろうとしたのに守れなかった。それが原因で雨了は心に深い傷を負ってしまったのでしょうね。しかも保護された時には雨了は鱗《うろこ》を一枚失くしてしまっていた……」

「そ、その十年前に、私は雨了に出会ったの！」

私は十年前に雨了と出会い、応急処置をしたことへの礼だと思って鱗《うろこ》を受け取ってしまったこと、そして壁巍に鱗《うろこ》を取り上げられたことを話した。

青妃は私の話を聞き、考え込むように細い顎《あご》に指を当てた。

「そうね。雨了は手当てを受けた状態で見つかったそうだから、誰かに匿《かくま》われたのだとは思っていたわ。ただ、鱗《うろこ》のことは……これは想像だけれど、あのお方は雨了の心だけでなく、きっと貴方のことも守るつもりだったのだと思うのよ」

「えっ……？」

守るという予想外の答えに私はキョトンと目を丸くした。それがおかしいのか、青妃はクスッと小さく笑ってから続けた。

「番《つがい》に出会った龍は決して番《つがい》を手放《てばな》さないと言うわ。貴方がどんなに幼く、お爺さまと離れたくないと泣いたとしても、一度鱗《うろこ》を受け取ってしまっていれば無理やり連れ去られたことでしょう。わたくしたちは龍に近ければ近いほど、不思議な力を持っているの。もちろん、雨了もね。そして龍の力に人の身では抗《あらが》えない。だから龍の祖たるあのお方は鱗《うろこ》と貴方を引き離して隠すしかなかった」

青妃の目が伏せられ、長い睫毛《まつげ》が頬に影を落としている。

「鱗《うろこ》を持っている限り、どこに逃げ隠れようとも雨了には分かってしまう。幼いということはそれだけ容赦を知らぬことだもの。きっと地の果てまでも追っていくでしょう。しかも、雨了は正しい番《つがい》への求婚の仕方をまだ知らなかった。だから、普通の番《つがい》関係ではなくひどく歪《いびつ》で一方的な関係になってしまってもおかしくはなかった。ねえ、六歳にして拐《かどわ》かされて、生涯拉致《らち》監禁だなんてゾッとするでしょう」

ゾッとした。今、まさに。私は鳥肌の立った腕を摩《さす》る。

青妃はそんな私に目を細めて微笑んだ。

私は雨了が好きだ。ちゃんと自分の意思でそう思い、気持ちを受け入れるまでに数ヶ月もかかってしまった。雨了は揶揄《からか》いつつも、一人の人間として扱ってくれたし、無理強《じ》いもせず、私を大事にしてくれた。しかし幼い頃に祖父と引き離されて後宮に来ていたなら今の気持ちと同じだったとは思えない。

「とはいえ、番《つがい》とは関係を無理強《じ》いさせるものではないわ。番《つがい》の相手が子供なら、成人するまで待つものだし、嫉妬深い龍にだって番《つがい》の心がこちらを向くまで待つ分別くらいはあるの。ただ、絶対に諦めないけれど。龍の血は粘着質なのよ」

青妃はふふふ、と含み笑いをする。少し、怖い。

「鱗《うろこ》を受け取ってもらうのは一番最後。龍の愛を受け入れると番《つがい》の相手が決心した時だけ。だから、あのお方は貴方が大きくなって、ちゃんと考えることが出来る歳になるまで時間を稼いでくれたのでしょう」

「じゃあ鱗《うろこ》が出てこないのは……私がまだその決心を出来ていない、から？」

そう言った私に、青妃はふわっとした笑みを浮かべた。

「……雨了が帰ってきたら、ちゃんと話してごらんなさい。わたくしもあの不肖《ふしょう》の弟分が帰ってきたら、背中を叩いてやるんだから」

兄と妹にも見える雨了と青妃だが、青妃からすれば姉と弟であるらしい。しかしきっと雨了は自分が兄だと主張するに違いない。そんな想像をしてつい笑ってしまう。

「……番《つがい》というと重く感じるでしょうけど、ただそこには愛という気持ちがあるだけよ。あのお方もそう。あのお方はね、口で言うよりずっと人間が好きなんだわ」

私は壁巍の言動を思い出して首を傾《かし》げる。

「そうでしょうか」

「本当よ。ただ、人ではないから、愛し方が異なって見えるだけ。人も、わたくしたち子孫のことも、本当は大切にしているの。この後宮にあのお方の本体が来ないのもそう。それにわたくしは十年前、あのお方に命を救われたの。わたくしが雨了と同い年には到底見えないのも、あの時に負った怪我の後遺症というより、龍の薬の副作用のようなものね。代償として虚弱になってしまったのも」

青妃は私とそう見た目の年齢が変わらない少女めいた風貌だが、実際には雨了と同い年の従兄妹《いとこ》なのだ。むしろ青妃の落ち着いた物腰だけならば、いるだけでうるさく感じる雨了よりもいっそ年上にすら見える。

「だからこの青薔宮には、薬草や薬になる品がたくさん置いてあるのですか」

青薔宮には多くの調度に紛《まぎ》れるように犀《さい》の角や獣の骨、希少鉱物が置かれていた。知識がなければ立派な置物にしか見えないが、どれも貴重な薬の材料になるものばかりだ。

私の言葉に青妃はその青い目を丸くした。

「よく分かったこと。……ああ、そう言えば朱妃は薬学に詳しいのだったわね。そうよ。これらの品々は上皇様と雨了がわたくしのために用意してくださったの。わたくしは親のしでかした罰《ばつ》としてこんな後宮に閉じ込められているようで、その実守られてもいるのよ。この弱った体のことだけではなく、わたくしも龍の血を引いている以上、番《つがい》を求めてしまう。今のわたくしには番《つがい》の存在を感じられないわ。でも、いつか現れるかもしれない。だからそれまで、公主として政略結婚をさせられないようにここで守られているの」

「そうだったんですか」

「ええ。……ごめんなさいね。特別役に立つ話でもなかったでしょう。でも、とにかく龍の血を引くわたくしたちにとって番《つがい》以外との結婚は耐えがたいことよ。ここ数代は随分と龍の血も薄くなってきて、歴代の皇帝には番《つがい》以外と子を成した方もいたけれど、その方が例外。後宮なんて、たった一人の番《つがい》だけを大切にする龍には本来不要な場所だけれど、わたくしのような存在を隠すために絶好の場所でもあるから、今もこうして残っているのでしょう」

なるほど、と私は頷《うなず》いた。

こんなに広い後宮なのに、手の入らない荒れた場所がそのままにされている。それは最初から多くの妃《きさき》を必要としないから。

「それなら、胡嬪もそういう境遇なんでしょうか。何でもあの方のお父上が武官で、王弟側についたのだと……」

「胡嬪……」

青妃はその人形めいた顔に珍しく表情を露《あら》わにした。眉を寄せ、ムスッとしてあからさまに嫌そうな顔である。そんな顔をすると笑ってしまうほど雨了と良く似ていた。

「わたくし、あの方は嫌いだわ」

青妃はきっぱりと言い切った。青妃にしては珍しい態度に私は驚く。そう長い付き合いではないものの、少し飄々《ひょうひょう》としたところがある彼女は、好きと嫌いではなく、好きと興味なしに分かれる性質だろうと勝手に思っていたからだ。

青妃はツン、とほっそりした顎《あご》を上げて言った。

「誤解されないように言うと胡嬪の父がわたくしの父についたからではなくて、あの方自身を好きになれないの。胡嬪の宮女《きゅうじょ》もみんな気持ちが悪いわ。胡嬪を女神のように崇《あが》めているの。あれはね、胡嬪が洗脳紛《まが》いのことをして心酔させているの。持ち上げて落としてまた持ち上げて……。そうして全てを奪って心の拠《よ》り所を胡嬪だけにしているのよ。ああ、いやだ」

青妃は鳥肌でも立ったのか、二の腕を抱くようにして摩《さす》った。余程嫌いらしい。

思い出すのは先日の朱華の件だ。宮女《きゅうじょ》たちは青妃の言う通り胡嬪に心酔している様子だった。そう、少し気味が悪いくらいに。

「……胡嬪はただ静かに暮らしたいなんて言うけれど、それは宮女《きゅうじょ》からお小言も苦言すらもされたくないって意味なのよ。自分の領域内で好き勝手に生きたいというだけ。宮女《きゅうじょ》を傀儡《くぐつ》にして胡嬪の言うことが全て正しいと、そう思わせているのだから」

だから嫌い、とまた硬い声で呟いた。

これは余程のことらしい。二人の間に何かあったのだろうか。

「ああ、そういえば朱妃の姉君が胡嬪のところにいらっしゃるのよね」

「え、ええ……」

「……ご愁傷様。胡嬪のもとにいるのなら、もう姉妹の情より胡嬪を優先する傀儡《くぐつ》になっているでしょうね」

私は苦笑いをする。

「まあ、姉とは言っても腹違いですし、元々仲が良いわけでもなかったので。それに、しばらくは関わることもないでしょう」

朱華の件は落着した。これからも仲良くするつもりはない。

「それでも、もしまた近寄って来ることがあったら、くれぐれも気を付けなさい。その時は胡嬪から何かを命ぜられているってことでしょうから」

「き、気を付けます」

私がそう言うと、青妃は小さく頷《うなず》いた。それからふう、と息を吐く。白桃の頬の血の気《け》が引いている。

「少し疲れましたか？」

虚弱な青妃の体調を心配してそう問うと、彼女は小さく首を横に振る。

「これくらいまだ大丈夫よ……」

「でも……。宮女《きゅうじょ》を呼んで薬湯《やくとう》か何か飲んだ方がいいかもしれません」

事実、顔色がみるみるうちに悪くなる。

胡嬪のことで興奮したのが良くなかったのか。

青妃は青白い顔をして口を開きかけたが、力なく目も唇も閉ざしてしまった。

慌てて近くで待機していた宮女《きゅうじょ》を呼ぶと、青妃の宮女《きゅうじょ》は心得たように頷《うなず》き、すぐに足に車輪の付いた寝台のようなものが運ばれてきた。

どうやら横になったままで運ぶことが出来る移動式寝台のようだ。青妃は体が弱いから、倒れた時などのためにこういったものが用意されているのだろう。宮女《きゅうじょ》は手馴れたもので数人がかりで青妃をそれの上に横たえた。

「朱妃……待って……」

そのまま運ばれていくと思ったが、青妃は私の袖《そで》を握り込んで離さない。目を閉ざしてしまった青妃は紙より白い顔で脂汗を浮かべていた。

「恐れ入ります、朱妃。申し訳ありませんが、青妃が御手を離されないので、このまま寝室までいらしていただけますでしょうか」

宮女《きゅうじょ》が困り果てたようにそう言うので、仕方なく私は青妃の寝室までついて行った。

青妃の寝室は薄暗いが静謐《せいひつ》な空気が満ちている。寝心地の良さそうな広い寝台にそっと青妃は寝かされた。その頃には袖《そで》は離されていたが椅子が用意されたので私は青妃の側に座っていた。しばらくして青妃はうっすらと目を開ける。薄暗い室内で青い瞳が淡く光っていた。

「ごめんなさい。少し興奮してしまったみたい……」

少しの間横になっただけで青妃は回復したようだった。

「お気になさらず」

人形のような整った顔に汗を浮かべたままなのが何だか見ていられない。余計なお世話かもとは思ったが、懐《ふところ》から手巾《しゅきん》を取り出して額の汗を拭《ぬぐ》った。

「……何だか……みたい……」

「え？」

私が聞き返すと目を閉じて少しぼんやりとしていた青妃は、ハッとしたように目を見開いた。

「あっ……ごめんなさい。いえ、子供の頃、姉のように慕っていた宮女《きゅうじょ》がいたのよ。乳母の娘でね、わたくしや雨了とも幼い頃から一緒だったの。熱を出した時、一晩中汗を拭《ぬぐ》ってくれたり……。ついそれを思い出してしまって。朱妃をまるで宮女《きゅうじょ》のように扱ってしまって申し訳ないわ」

「そんなの、気にしないでください。具合が悪い時に位も何もないでしょう。それよりも、薬湯《やくとう》を用意しましょうか？　私、多少は心得がありますし、いざという時のために少しですが薬を持っていますけど」

以前に恩永玉が倒れたこともあり、目眩《めまい》や立ちくらみに効く薬も常備している。それに女性にはどうしても体調を崩しやすい日がある。私は至って健康だからいいが、宮女《きゅうじょ》の中には医師に診《み》せるのを嫌がり、我慢の結果悪化して倒れてしまう者もいるのだ。

「え、でも……」

「ああ、さすがに差し出がましかったですよね。すみません。いきなり薬だなんて差し出されても飲むのは躊躇《ためら》いますもんね」

いくら妃《きさき》同士とはいえ、他人の差し出すものを口に入れられない人もいるだろう。高貴な生まれの青妃であれば尚のことだ。特に彼女は幼い頃に命を狙われている。きっと毒の危険もあったのだろう。

「医師に用意してもらった方が確実でしょうし、お気になさらず」

断った青妃が居心地悪くならないように笑いかけて、それから寝室から下がろうとした私の袖《そで》を、またしても青妃はきゅっと握り込んだ。

「ち、違うの。朱妃のことを信じていないわけではないの」

青妃は私の袖《そで》をくいっと引っ張って見上げてくる。それはまるで幼子のような仕草だ。見た目のこともあり、今ばかりは私よりも年下のように感じていた。何というか、とてもかわいらしい。

「わたくしにも以前はこうして薬湯《やくとう》を用意してくれる宮女《きゅうじょ》がいたのよ。長いことわたくしに仕えてくれた宮女《きゅうじょ》で、薬学の心得もあって信頼していたのだけれど……胡嬪にね、取られてしまったの。その宮女《きゅうじょ》の実家の薬局で面倒ごとが起きたからと一旦里帰りして、それからはまるきり人が変わったようになって……今は胡嬪のところにいるわ……」

「ああ、だから……。青妃が胡嬪を嫌う理由の一つがそれなのですね」

「ええ……それが胡嬪のやり口なの。だから、自分の宮女《きゅうじょ》にはちゃんと目を配ってあげないといけないわ。わたくしのような失敗はなさらないでね。……朱妃ならきっと大丈夫でしょうけれど」

はあ、と憂《うれ》いを含んだ息を吐いた青妃は顔を上げた。

「……ちょっとその娘を思い出してしまっただけなの。だから、もし朱妃さえよければ薬湯《やくとう》を用意してもらえたら嬉しいわ」

「ええ、もちろん」

「あ、でもわたくし、弱くとも龍の力があるものだから、薬が効きにくいの。だから倍の量でお願い」

「へえ、そうなのですか」

「龍の血を引く人間は毒も薬も効きにくいのよ。だから毒で暗殺される心配はあまりないのだけれど、薬なんかも二倍飲まなければならないから厄介なのよね」

そう言った青妃は苦々しい顔をしていた。不味い薬湯《やくとう》の味をまざまざと想像してしまったのだろう。私にはそれすらも愛嬌《あいきょう》のようでかわいらしく感じてしまうのだった。

その後私は青妃に薬湯《やくとう》を作って飲ませ、ついでに青薔宮の宮女《きゅうじょ》に作り方を軽く指南しておいた。

そうこうしてる内に青妃は眠りについていた。薬湯《やくとう》が効いたのか寝息は穏やかだ。

不意にその朱唇がゆるやかに動く。

「……それは、きっと、貴方のすぐそばに……」

その呟きに何か予言めいたものを感じて聞き返したが、ただの寝言だったのか青妃は固く目を閉ざしたまま、返事はなかった。

その後合流した恩永玉と金苑は、今回は出されたお茶やお菓子を楽しむ余裕があったと報告してきた。青妃の宮女《きゅうじょ》たちとの交流も楽しめたようで何よりだ。

「青薔宮の宮女《きゅうじょ》も邪気払いの香を使っておりましたよ」

「ええ、香りも良いし、何だか体の調子が良い気がすると。思い込みでもそう言って受け入れてもらえるのは嬉しいですね」

恩永玉は頬を紅潮させ、ニコニコと微笑んだ。金苑はそんな恩永玉を穏やかな眼差しで見つめている。

「それで、香のことを教えてくれたお礼にと花茶をいただきましたので、後でお淹《い》れしますね。これもとても良い香りなんですよ」

「うん、お願いね」

今回の青薔宮の訪問でも雨了の鱗《うろこ》の件は解決しなかった。しかし凝《こ》り固まった心が少しだけほぐれた気がする。

とにかくなんでもいいからやっていこう。そう思えたのはきっと良いことだ。

紫色の芳《かぐわ》しい花、薄紅色の花弁を重ねた可憐な花、白く大振りの花——薫春殿の中庭は今の季節に合わせて色とりどりの花を咲かせていた。

しかし、赤色だけがない。ふと脳裏を過《よぎ》ったのは鴸《しゅ》という深緋色《こきあけいろ》の鳥の妖《あやかし》だ。火輪草《りんそう》騒ぎ以降、めっきりあの赤い姿を見なくなった。

「ねえ、恩永玉。赤い花はないのね」

恩永玉にそう尋ねると、彼女は私の目線を追うように窓の外を見た。

「そうですねえ。今年は梯梧《でいご》が咲かなかったからでしょうか。ですがきっと、あと半月もすれば紅色の天竺牡丹《てんじくぼたん》が咲きますよ」

「ああ、天竺牡丹《てんじくぼたん》ね」

花が綺麗なだけでなく塊根《かいこん》を酢漬けにすれば食べられる。特別に美味しいわけではないが、祖父が作ってくれたのを思い出したのだ。子供の頃はいつだってお腹《なか》を空かせていたから、味よりお腹《なか》が膨れるかが重要だった。

あの鴸《しゅ》は今頃何を食べているのだろう。

満たされない空腹が辛いのは身に染《し》みて知っている。妖《あやかし》であっても食べ物に困っていたら可哀想だ。

「……庭のどこかに赤い花を飾ってもらえないかしら。切り花でいいの。なるべく花弁が大きくて鮮やかな赤い花」

「はい。宦官《かんがん》に頼んでおきます。ですが朱妃が書物以外をほしがるなんて、何だか珍しいですね」

「え、そう？」

考えてみれば、私がわざわざこれがほしいと言ったことはあまりないかもしれない。

「まあ、食べ物も着物も、頼まなくたってふんだんに用意されているものね」

「ですが、花は赤色で良いのですか？」

「赤だと何か問題ってある？」

私は首を傾《かし》げた。

「いえ、てっきりお呪《まじな》いかと……」

恩永玉はおろおろと視線を彷徨《さまよ》わせる。その丸い頬がほんのり染まっている。

「お呪《まじな》いって？」

「ええと……旅や戦《いくさ》など、遠くへ行った方の無事を祈るのに、窓辺にお花を一輪飾るのです。片想いの相手なら赤い花、恋人や伴侶なら青い花、家族なら白い花、それ以外の友人や恩師には黄色でしたか。……ですから、陛下にでしたら青かと思ったのですが、違いましたか？」

「ち、違うから！　それとは別件！　だから一輪じゃなくてたくさんほしいの」

「わ、分かりました」

しかし『お呪《まじな》い』か。この後宮は石が囁《ささや》く怪談話といい、少しばかり迷信深い。龍の後宮という特別な地だからだろうか。

恋人や伴侶なら青い花――雨了は私に青い花が似合うと言ったのだ。思い出すと頬が熱くなる。

「あ、待って！　恩永玉！」

私は頭を下げて退出しようとした恩永玉の袖《そで》を掴んで引き留めた。

「その、ね……やっぱり、青い花も一輪お願い」

「はい！　かしこまりました！」

恩永玉はニッコリと笑った。

花はすぐに用意され、私の部屋の窓辺には、飾られた青い花が可憐に揺れることになった。

──飾り気のない窓辺に、唯一の色彩のような赤い花が揺れていた。

（……あれ、また夢？）

見覚えのない部屋だ。石造の冷たい床、空っぽの鳥籠。長椅子まで石で出来ている。そのせいか全体的に寒々しく感じる。

私はまたもぷかぷかと浮いているから、きっとこれも雨了の天幕《てんまく》の夢を見た時と同じはず。しかし前の夢では雨了がいる気配を感じていたけれど、今は何も感じない。

室内は人気《ひとけ》もなくシンと静まり返っている。何だかあまり好きじゃない雰囲気だ。

文机《ふづくえ》は大理石で出来ている。かなりの良い品だがやはり冷たそうだ。冬はどうするのだろう。これでは冷たすぎて使えないのではなかろうか。そんなことをふと考えて、文机《ふづくえ》に絹布《けんぷ》を巻いた何かが置いてあるのに気が付いた。

置物にしては飾り気がないし、文鎮《ぶんちん》か何かだろうか。と、その時、風が吹き込み、絹布《けんぷ》が少し捲《めく》れた。布の中、白い石と青緑の鳥の羽根がチラリと見えた。

なんだろう。すごく嫌な感じ。理屈じゃない。特にあの石は何だか良くないものの気がする。私は慌ててその場から離れようともがいた。

たまたま視線を窓辺に向けると、先程まで色鮮やかに揺れていた赤い花は枯れ、黒ずんだ花弁が地面に散っていた。

（に、逃げなきゃ！）

急いで離れたいのに浮いているせいで体が思うように動かない。

早く、早く、ここじゃないところへ――

――助けて、雨了！

強くそう願うと、突然道が開けたようにまったく違う場所に出た。

ここはどこだろう。

私はキョロキョロと頭を巡らせた。

また天幕《てんまく》のようだ。しかし昼間だし、雰囲気からして違う。何というか男臭いというか。置いてあるのも武具の類《たぐい》だ。先日の雨了のいた天幕《てんまく》とは違うのかもしれない。

耳をすませばびゅうびゅうと風が吹き荒《すさ》んでいるのが分かった。乾燥しているのか、天幕《てんまく》にも乾いた砂がこびりついている。もしかして、ここはもう馬理国なのだろうか。

馬理国は乾燥し荒れた土地が多いと聞いていた。

ぽそぽそ、と話し声が聞こえる。

(良かった！　今度は雨了がいた！)

雨了の気配を同じ方角から感じる。私はぷかぷか浮かびながらそちらを目指す。

すぐに雨了を見つけ、ホッと息を吐く。知らない男が一緒だ。

二人は小声で何事かを話している。密談というやつかもしれない。

「……あまり大事にはしたくない」

雨了は言い、男がそれに返答した。

「でしたら私が単身向かいます。……幸いあちらには知己《ちき》が」

「だが……危険だ」

雨了の顔色はあまり良くない。しかしこの間のように体調不良というわけではなさそうだ。

「どうか、私に十年前の罪を雪《そそ》がせてくださいませ！　必ずや、馬理を話し合いの卓に着かせ、戦《いくさ》を回避してみせましょうぞ」

「しかし、胡将軍一人に全てを任せるなど――」

十年前……そして胡将軍という呼び名にも聞き覚えがある。

（じゃあ、この人が――胡嬪の父親）

体格が良く、背の高い雨了にも引けを取らないどころか、盛り上がった腕や足の筋肉はまさに武人といった様子。

そんな男が雨了の前で跪《ひざまず》く。地面に額を擦《こす》りつけるように頭を下げていた。

「お願いいたします。どうか！」

「よせ。顔を上げよ、胡将軍」

胡将軍が顔を上げる。厳つい体に似合わず目元や唇は涼しげで、やはり胡嬪に少し似ているかもしれない。しかし、その瞳だけは爛々《らんらん》と燃えており、戦うことを本業にした男の熱を感じる。

（……でも、この人、ちょっと怖い）

煮えたぎった釜や、激しく燃える炎のようだ。下手に手を出してはならない。きっと大火傷をしてしまう。そんな気がした。

私は慌てて離れようとした。しかし、いくら抗《あらが》っても離れられない。焚《た》き火に吸い込まれ、燃え尽きる蛾《が》のように、私は胡将軍の燃えたぎる瞳の中に落ちていく――

――ころんとどこかに転がり出た。

初めての感覚だった。覗《のぞ》き見している夢から突然奈落の底に落とされたような。夢のはずなのに疲労感がひどい。

てっきり目が覚めるのかと思ったがそうではないらしい。

これじゃ悪夢だ。逃げても逃げても上手く走れない悪夢みたいでうんざりする。まだ目が覚めないなんて。

今度は宮殿の室内のような場所に立っていた。今までのようにぷかぷか浮いてはいない。どことなく見覚えはあるから後宮か、もしくは王城のどこかなのだろう。

立派な建物だ。しかし割れた陶器の破片や、零《こぼ》れた中身が散乱し、艶《つや》やかな床を汚してしまっていた。何か焼ける匂い、それから――血の匂い。

うつ伏せに倒れた男の背中に矢が刺さっている。衛士《えじ》の服装だ。

背中が総毛立つ。この光景はまるで戦《いくさ》が始まってしまったかのようだ。ガタガタと震えるのを止められない。

そんな中、私の体は勝手に動き出していた。夢なのに私の意思は反映されないらしい。今まで見た夢とはやはり何かが違う。

辺りをキョロキョロと窺《うかが》い、そっと歩き出す。見える範囲に人はいない。倒れ伏し骸《むくろ》になった衛士《えじ》以外は。

勝手に動いた私の足は、倒れた衛士《えじ》の前でピタリと止まる。衛士《えじ》の腰に手を伸ばした。やけに小さな手。目線も低いし、おそらく子供なのだ。その小さな手を震わせながら衛士《えじ》の腰にある剣を引き抜いた。

どうやら私はこの子供の体に入ってしまっているらしい。衣装からして女の子だろう。それも良家のお嬢さんらしい絹の着物だ。

震えた手で重い剣を半《なか》ば引きずりながら運んでいく。辿《たど》り着いたのは扉の付いた大きな飾り棚だ。

子供は身を屈《かが》めてその中に入ろうとする。大きい飾り棚とはいえ、子供でもギリギリ入れるかどうかの狭さだ。扉を閉めようとしても衛士《えじ》から奪った剣がつっかえてなかなか閉めることが出来ない。少し斜めにすれば良さそうなものだが、焦っているからかそのことに気が付かないらしい。闇雲に引っ張ってガタガタと音を立てるだけ。彼女の手が震え、心臓が嫌な音を立てているのを自分のことのように感じる。

そんな時、彼女の耳に足音が聞こえた。軽快とは言い難い小さな足音。

彼女は諦めたのか手を止めて、閉まりきらない扉の隙間から外を覗《のぞ》いた。

フラフラと走ってくる小さな影が見えた。

髪の長い子供が真っ青な顔で走っていた。しかし片足を引きずっていて速度は出ていない。足に怪我をしているらしく、裳裾《もすそ》が赤く濡れていた。

(雨了――!?)

その姿を見間違えるはずもない。

十年前、私が川辺で出会った雨了がいた。

時折後ろを振り返り、蛇行《だこう》しながらも必死に逃げる雨了。瞳は青く光り、長い黒髪は結い上げずに背中を流れている。その着物は青妃のものなのを今の私は知っている。

隠れている少女は見つからないように息を殺して身を縮めた。

しかし扉は閉まりきらず、隙間が空いたまま。少女は逡巡《しゅんじゅん》するように剣の柄《つか》をぎゅっと握る。手のひらにじっとりと汗をかいていた。

幼い雨了は怪我をした足に力が入らないのか、体勢を崩してその場にバッタリと倒れた。

そして――目が合った。

青い龍の目が大きく見開かれる。飾り棚に隠れていた少女に気付いたのだ。

雨了は少女に向かい、真剣な顔をして口の前で人差し指を立てる。少女は僅《わず》かな間の後、雨了に頷《うなず》いた。雨了は微笑み、声を出さず唇だけを動かしてありがとうと告げ、また起き上がって走り去っていく。

少女の体に歓喜が満ちていった。

嫌な音を立てていた心臓はトクントクンと、温かな血を全身に巡らせている。

落ち着きを取り戻したからか、少女は飾り棚の扉に引っかかっていた剣を斜めにずらして扉を閉めた。

外の光が完全に遮断される。それから遠くの方で色々な物音がしていたが、誰も飾り棚の扉を開けようとはせず、少女は息を殺し続けていた。

しばらくして、男の声がした。誰かを大声で呼んでいる。

「玉栄《ぎょくえい》、どこだ！　玉栄！」

玉栄——誰だったろうか。聞いたことのある名前。私がそう考えた時、少女は慌てて扉を開け、その場にまろび出た。

「父様！　ここです！」

「おお、玉栄よ。無事だったか。ああ良かった。我が掌中《しょうちゅう》の珠《たま》よ……」

少女を抱き締めたのは——胡将軍だ。先程見たより若いけれど間違いない。では、玉栄とは胡嬪のことなのだ。

じゃあこれは、胡嬪の夢？　それとも——過去？

「玉栄よ。雨了殿下はこちらへ来なかったか？　未《いま》だ見つからぬのだ」

少女の心臓がドキリと跳《は》ねた。しかし素知らぬ顔で首を横に振る。

「……いいえ、知りません。こちらには誰も来ませんでした」

「そうか。であればまだこの宮殿内に隠れておるやもしれん」

胡将軍が指示し、走っていく兵士たち。彼らは雨了が逃げた方向とは全く見当違いの場所に向かっていた。

彼女はホッと息を吐く。

胡将軍は彼女の握っていた剣を取り上げた。

「玉栄よ、かわいいそなたには剣など似合わぬ」

「で、でも……」

「女の子なのだから、何もしないで良いのだよ。刃物で怪我でもしたらいけない。さあ、剣ではなく、そこの花でも握っていなさい」

「はい、父様」

彼女は胡将軍に言われるまま、割れた花瓶から散乱していた赤い花を一本拾い上げようと屈《かが》んだ。赤い花の合間に落ちていた白い欠片《かけら》が目に入る。白い石だ。キラキラしているわけでもないのに、魅了されたようにじいっと見つめ——花を拾うフリをして、素早く手のひらにそれを握り込んだ。

「ワタシ、あの方の命の恩人、よね」

冷たく、硬い感触がする。

「ふふ……いつか、お嫁さんにしてくれるかしら」

ひっそりと唇が弧を描いた。


「——莉珠?」

名前を呼ばれてハッと顔を上げる。

ここは、さっきまでいた天幕《てんまく》だった。

さっき見たのはなんだったのだろう。夢の中の夢？　それとも夢だから、場所どころか時間すらも飛び越えてしまったのだろうか。

さっきの夢と違い、またぷかぷかと浮いている。

『またここに戻っちゃった……』

いつになったら目が覚めるのか。

しかも何だか気分が悪い。やけに寒い気がした。腕で自分を抱き締めるが、体温などないから無意味だった。手を翳《かざ》すと、さっきより薄くなっている気がした。

『な、なにこれ……』

まさか消えかけているのだろうか。末端はほとんど透《す》けてしまっている。

「莉珠、そこにいるのだろう？」

『雨了……』

再度名前を呼ばれて顔を上げた。

天幕《てんまく》には雨了だけがいた。胡将軍の姿はもうどこにもない。

雨了は髪を一つにまとめ、高い位置で馬の尻尾のように結い上げている。鎧《よろい》は着込んでいないものの、着物もいつもの裾《すそ》の長いものとは違う珍しい姿だ。

雨了の姿を見て少しだけ安心出来る気がした。

「……確かに茉莉花《まつりか》の……莉珠の香りがする」

雨了はキョロキョロと私を探すように頭を巡らせていた。

『ねえ雨了……どうしよう……目が覚めないの』

それでも夢から出られないのは悪夢に等しい。薄れゆく体は恐ろしかった。声が届かないと分かっていても、雨了に泣き付かずにはいられない。一番最初に雨了の夢を見た時はあんなにあっさりと目が覚めたのに。

『怖いよ……助けて。私、どうしたらいいの？』

雨了には私の声が聞こえないはずなのに、彼は少し考えて言った。

「莉珠よ、もしもここにいるのなら、自らの肉体を思い出せ。そなたに会いたい気持ちはあるが、おそらくここは遠すぎる。龍の加護がないこの地は乾き、おそらくはそなたとも相性が悪いはずだ」

『肉体を、思い出す……？』

聞き返したが雨了に私の声は届かない。それがもどかしい。

「俺を案じてくれていると、そう思い上がっても良いだろうか。莉珠、俺の方はきっともうしばらくすれば帰還が叶うであろう。必ず無事に帰る。だからあと少し薫春殿で待っていてくれ」

しかし雨了は見えなくても私がいると信じてくれているのだ。通じ合っている。体温を感じないはずの胸がじんわりと熱くなる気がした。

「それから、これに何が入っているのか、帰ったら教えてほしい」

取り出したのは爺ちゃんの形見の貝が入った小袋だ。

「何だか懐かしい匂いがするのだ。そなたの香りだけでない。何か、俺の……」

雨了の目は青く、清涼な光を湛《たた》えている。

その目をじっと見つめていたら、また少しずつ世界が遠ざかり始めた。

（あ、そうだ。ちゃんと思い出さなきゃ。私の肉体……）

もう変な夢を見るのも、体が薄れるのもこりごりだ。

雨了に言われた通り、私はひたすら自分の肉体のことだけを考える。

（うん、今度は大丈夫そう……）

――ドサッと重い音と共に後頭部が痛む。

「いったぁ……」

「朱妃、大丈夫ですか⁉」

汪蘭の慌てた声を聞きながら私は上体を起こした。寝台ではなく、文机《ふづくえ》の前だった。文机《ふづくえ》には皺々《しわしわ》になった書物が開かれている。

「うわ。……もしかして、私、寝てた⁉」

「あの、大変申し上げにくいのですが……お顔に跡が」

手で顔を触ると思いっきり書物と同じ皺々《しわしわ》の跡が残っている。

「うわぁ……」

恥ずかしくて頬が熱い。書物を開きながら居眠りした挙句《あげく》、ひっくり返って後頭部を打ちつけたらしい。寝返りでも打とうとしたのだろうか。

「あーなんだか余計に疲れた気がする」

居眠りした割にスッキリした感覚はない。

「気分転換にちょっと中庭に出てくるわ。天気も良いし」

「はい、いってらっしゃいませ」

「じゅうっ！」

外はポカポカ陽気だ。ろくを抱き上げて中庭をぶらぶらと散策する。

恩永玉に頼んでおいた赤い花は大型の花瓶に生けられ、早速飾られていた。

「赤い花……あれ、なんだっけ」

火輪草《かりんそう》とは別のことがあった気がするのだが、思い出せない。居眠り中に見た夢の内容かもしれない。

「まあ、いいか……」

私は一つ欠伸《あくび》をする。

「じゅうあぁ」

私の欠伸《あくび》がうつったのか、ろくも欠伸《あくび》をした。

可笑《おか》しくなって、私はクスクスと笑った。

翌朝、中庭に飾った赤い花はむしられて、僅《わず》かに赤い花弁が落ちているだけだった。

きっと鴸《しゅ》が食べたのだろう。さすがにこれくらいではお腹《なか》いっぱいにはならないだろうが小腹満たしにでもなったなら幸いだ。

でもちゃんと食べてくれたのが少し嬉しい。ろくに餌《えさ》を与えた時も残したら気になるし、同じようなものだ。まあ鴸《しゅ》は飼っているわけじゃないけれど。

「うーん、なんだっけなぁ。居眠り中にたくさん夢を見た気がするのに」

時間が経てば経つほど夢の記憶は曖昧《あいまい》になっていく。

とても大事な夢を見た気がしたのだが、もう思い出せなかった。

第三章

成長期はお腹《なか》が空く。ほんの少しであるが身長も伸びているから、私はまだまだ伸び盛りのはず。そんなわけで日々の楽しみなのがおやつの時間だった。

「って、どうして蔡美宣《さいびせん》がいるのよ」

今日のおやつはなんだろう、とウキウキしていた私の前にちゃっかりと蔡美宣が座っていたので、私は鼻の頭に皺を寄せた。

「まあ、良いではないですか」

私の態度にも平然としている蔡美宣はまさに面《つら》の皮が厚いとしか言いようがない。

蔡美宣はかつてこの薫春殿に僅《わず》かな期間在籍していた宮女《きゅうじょ》だ。以前の火輪草《かりんそう》事件でも関わったのだが、あれだけ仲の良かった明倫《めいりん》が捕縛されてしまったというのに、随分と元気にしているらしい。

「誰が案内したの？」

「わ、私ですが……。あの、以前朱妃は蔡美宣と仲良くしていらしたので……駄目でしたか？」

叱られたと思ったのか、恩永玉は小動物のようにおどおどと言った。

「もう、蔡美宣とは全然仲良くなんかないのに」

はあ、と大きく息を吐く。

「追い出しましょうか？」

金苑は私の耳元に低く囁《ささや》くが、私は首を横に振った。

「まあいいわ。もう案内してしまったのだしね」

そう言えば金苑は素直に引き下がる。

恩永玉はとても良い娘なので、不真面目な宮女《きゅうじょ》の蔡美宣にも優しいのだ。現に今もニコニコと嬉しそうにお茶を淹《い》れに行った。離れた宮殿に勤めていると顔を合わせる機会も少なくなる。きっと久しぶりに同期の顔を見て喜んでいるのだろう。

まあ、たまにはいいか。

私はそんなことを思いながら用意されていた胡麻団子にかぶりついた。揚《あ》げた胡麻のサクサクした歯触りがたまらない。

「それで、蔡美宣は何しに来たの？」

「まあ、わたくしとて遊びに来たのではありません！　薫春殿から香を頂いたので、蓉嬪《ようひん》から返礼品を預かって参りましたの。恩永玉に渡しましたから、お納めくださいませ」

「ああ、そのことね」

私は後宮内の各宮殿に茉莉花《まつりか》と匂天竺葵《においてんじくあおい》の邪気払いの香を贈ったのだ。蓉嬪自身とはほとんど関わりはないが、わざわざお返しをしてくれたらしい。

「本来このようなお使いなどわたくしの仕事ではありませんが、蓉嬪から薫春殿の宮《きゅう》女《じょ》と面識があるなら、是非にと頼まれたもので」

「蔡美宣ったら、蓉嬪のところでちゃんと仕事してるの？」

「ええ、もちろん！　本日は蓉嬪の着物を選び、お髪《ぐし》を整えましたわ！」

それだけかい、と私は肩をすくめる。おそらく蓉嬪にはたくさんの宮女《きゅうじょ》がいるので、蔡美宣のようにサボっても問題ないのだろう。

とはいえ茶飲み話をする相手としては案外悪くない。噂話が好きで、ある意味情報通だ。私は妃《きさき》として新参だし、後宮内の噂にも疎《うと》い。

香についての感想もひとしきり述べてから、蔡美宣は恩永玉が持ってきたお茶を飲んだ。先日の青薔宮訪問でもらったお茶は蔡美宣も目を輝かせるほど良い品らしい。

「そうだ、蔡美宣。これくらいの大きさの、鱗《うろこ》のようなものを見たことはないかしら。それらしい噂でもなんでも」

私は指二本で親指の爪ほどの大きさを作ってみせた。雨了の鱗《うろこ》の手がかりが何としてもほしいのだ。蔡美宣はお洒落《しゃれ》に詳しく、綺麗なものにも目がない。きっと色々な噂を聞いているはずだ。

「鱗《うろこ》？　装飾品か何かですか？」

「そ、そんな感じ。色は青銀で……螺鈿《らでん》のような艶《つや》があるの」

「そういったものを購入したいのでしょうか。それとも落とされたとか、紛失したものを探しているのですか？」

「失くしてしまったの……。でもどこかで似たようなのが売っていたとか、そういう曖昧《あいまい》な噂でもいいから、それらしい話を聞いたことはない？」

蔡美宣はうーんと考え込む。

「すみません。それだけでは……。戻りましたら蓉嬪にも聞いてみます」

さすがに情報通の蔡美宣でも知らないらしいが、何がしかでも雨了の鱗《うろこ》を探す手がかりになればいい。

「うん、お願い」

蔡美宣にしては珍しく眉を寄せて真剣な顔をしていた。

「……とても大切なものなのですね。お力になれず申し訳ありません。せめて駄目で元々、と願掛けでもしてみるのはどうでしょう」

「願掛け？」

私は首を傾《かたむ》けた。

「はい。最近よく噂になっているのですよ。願い石にお願いごとをするのですって」

「……願い石⁉」

私は思い切り立ち上がった。

勢いに茶器がぶつかり合い、ガチャンと激しい音を立てる。その音で少しだけ冷静になった。幸い茶器は割れていないし、お茶も零《こぼ》れていない。

「ご、ごめんなさい。その願い石って宝物庫の話？」

呆気に取られた顔の蔡美宣も我に返り、首を横に振る。

「い、いえ……それとは別です。後宮内に願い石というのがあるのですが、朱妃はご存知ありませんでしたか」

「……知らないわ。どんな話なの」

私は心を落ち着かせて再び座った。

恩永玉がササッとお茶を茶器ごと新しい物に替えてくれるのを横目で見る。

蔡美宣は卓上のお茶が注《そそ》ぎ終わるのを待って話し始めた。

「そうですね……薫春殿からは少し遠いのですが、大路の向こう側に小さい池があるのはご存知ありませんか？　その水面から大きな岩が顔を出しているのです。それが願い石と呼ばれていて、願掛けとして石を投げ、当てることが出来たら願いが叶うそうですよ」

宝物庫の囁《ささや》く石とは違う話だ。しかし石であり、願いが叶うという共通点が二つもある。

偶然にしては何か引っかかる。

「朱妃の言う宝物庫とは、古くからある後宮七不思議の一つですよね。宝物庫に一人で入ってはいけないという話でしたか」

「ええ。一人で宝物庫に入ると、石が囁《ささや》きかけてくるのですって。願いごとが叶うという触れ込みだけど、実際には叶わずに死んでしまうのだとか」

「ですが、その石……確か玉石か何かで出来た硯《すずり》だったかと思いますが、上皇様のご命令で破壊したのでしょう」

「えっ、そうなの⁉」

　初耳だ。いや、初耳だらけだ。

「何年か前……まだ上皇様の御世《みよ》の頃、願いが叶うという噂を真に受けて宝物庫に侵入しようとした者が後を絶《た》たなかったのだとか。その話をしてくれたのは父親が官吏だという情報通の宮女《きゅうじょ》でしたので、それなりの信憑性《しんぴょうせい》はあると思いますが……」

「でも、今でも宝物庫には一人で入ってはいけない決まりがあるって」

「まあ、場所が場所ですから。怪談がなくなろうと一人で入ることはそうそうないでしょう」

　確かにそうかもしれない。金苑は大叔母から聞いただけの古い話だし、同じく話を知っていた宮女《きゅうじょ》は出所も覚えていない曖昧《あいまい》な話だ。

「……けど、どちらも石な上に、願いを叶えるって部分まで同じだなんてね。変な偶然もあったものだわ。何だか引っ掛かるのよね……」

私がそう言うと、蔡美宣は思い付いたように手を叩いた。

「あ、もしかしたらなのですが、石の硯《すずり》に憑《つ》いていた幽霊が、取り憑《つ》いていた硯《すずり》を破壊されたので今度は願い石に憑《つ》いたのかもしれません！　願い石が流行ったのは近年のことだそうですし、時期も合うではありませんか！　どうです朱妃。何だか芝居の筋書きのようではありませんか？　うふふ、わたくし、こう見えても芝居には少々詳しいのです」

蔡美宣はそう胸を張る。

結局は芝居の話だ。蔡美宣が美男子の役者にうつつを抜かし、絵姿を隠し持っているのは周知の事実だった。

「ふーん、そう」

「んもう、朱妃ってば冷たいのですから。朱妃こそ幽霊にお詳しいのでしょう。実際に願い石を見たら何か分かるのではありませんか？」

「ちょっと、あまりそんなこと言い広めないでよ。それに私は願い石には興味もないし……」

そんなものに雨了の鱗《うろこ》が出て来ますように、とお願いしても出てくるとは思えないからだ。それ以外に願うことなどない。

「そこで、朱妃。お願いがあるのですが……願い石にわたくしと一緒に行ってくれませんか？」

蔡美宣は顔の前で手を合わせ、拝むようにした。

「だから興味ないって」

「それが、昨日のことなのですが、幾人かの宮女《きゅうじょ》が願い石の付近で倒れたそうなのです。少し怖くて……でもお願いごとはしたいですし」

私は眉を寄せて蔡美宣に問いかける。

「倒れたって、大丈夫なの？」

脳裏に浮かぶのは、かつて淀《よど》みに憑《つ》かれた恩永玉のやつれた姿だった。

邪気払いの香を焚《た》くようになってから、室内の淀《よど》みは激減していたが、外にはまだうじゃうじゃいる。もしかして室内に入れないからこそ、外のどこかで溜まっているのではないか。

「ええ、わたくしも心配で。倒れた宮女《きゅうじょ》に話を聞いてきましたが原因不明だそうで。

風がなく、少し暑い日だったので、医師は暑さに当たったのでは、と」

蔡美宣は早速聞き込んできたらしい。

「確かにここ数日、暑くなってきたけど……」

しかし真夏にはまだ程遠い気温だ。

「でも、その時、一緒に向かった宮女《きゅうじょ》は五名いたのですが、その全員が暑さで倒れたなんておかしくありません？」

「全員が……？」

私は眉を寄せて顎《あご》に手を当てる。

「で、その倒れた宮女《きゅうじょ》たちは今は元気なの？」

「ええ、すっかり回復しておりますよ」

「ふうん……」

「それもあって、わたくし一人で行くのは不安で。ですが朱妃が一緒でしたら心強いですわ！　では明日、同じ刻限に迎えに参りますから」

「ちょっと、まだ行くなんて言ってな――」

「あっ、そろそろ蓉嬪のお髪《ぐし》を整え直す時間ですので！」

しかし私の返事を聞くことなく、蔡美宣は大急ぎで帰ってしまった。

恩永玉はニコニコしながら言った。

「朱妃、やはり蔡美宣と仲良しなのですね」

「だから違うってば！　もう！」

私はガックリと卓に突っ伏した。


翌日、私と蔡美宣は願い石のある場所に行くことになった。

願い石には興味はないが、一度確認するくらいはいいだろう。それに淀《よど》みが溜まっている場所だとしたら、いっそ立ち入り禁止にしてもらった方がいい。とにかく近くまで行って様子をみることにしたのだ。

本当ならろくを連れて来たかったのだが、蔡美宣の顔を見た瞬間逃げ出したのだ。どうやらろくはやかましい蔡美宣が苦手らしい。……さもありなん。

後宮内はかなり広い。てくてくと歩いていると周辺の雰囲気は変わる。

薫春殿は新しい建物で周囲にも緑が多く植えてあるが、真ん中の大通りを渡った向こう側の建物は古い時代の建物らしく趣《おもむき》がある。もしかすると迦国《かのくに》以前の様式なのかもしれない。道沿《ぞ》いにも木々ではなく奇岩《きがん》が立ち並んでおり、特に変わった形の石の前には供物《くもつ》らしき菓子が置かれ、香が焚《た》かれていた。

「この辺りは岩が多いのね」

石が嫌いな金苑なら顔には出さずとも嫌がりそうだ。

「そうですね。石林殿の近くですから。ほら、あの建物がそうです」

「石林殿……胡嬪の宮殿ね」

なんとなく今は聞きたくない名前である。

蔡美宣の示す方角を見ると、石造りの建物がチラリと見えた。

庭には草木はなく大岩や原石があるのだと石林殿の宮女《きゅうじょ》は言っていたが、宮殿の周囲まで石や岩ばかりらしい。静謐《せいひつ》な雰囲気は確かに胡嬪に似合いだ。その中に不釣り合いな赤色が窓辺に見えた気がして私は目を凝《こ》らした。

と、石林殿の方角からびゅうっと風が吹き、思わず目を閉じる。

「痛い！」

植物がなく乾いているからなのか、砂埃が舞っている。それが目に入ったのだ。

「今日は風があるようですねえ」

涙目になった私は持参した手巾《しゅきん》で顔を拭《ぬぐ》った。もう一枚を蔡美宣に渡す。

「わたくしは目に砂は入っておりませんが」

「いいえ、そろそろ願い石の近くでしょう。口元を押さえるのに使えると思って」

目から砂も取れたし、私は手巾《しゅきん》を広げ、襟《えり》巻きのように首に巻いてから口元まで引き上げた。

蔡美宣もよく分かっていない顔ながら、同じようにする。

「朱妃、暑いです」

「我慢して。もしかしたら、倒れた宮女《きゅうじょ》たちは願い石の付近から出た有毒な気体を吸ったのかもしれないから」

「有毒な気体、ですか？」

蔡美宣は首を傾《かし》げた。

私は頷《うなず》く。淀《よど》みかもしれないが、そうでない場合も想定していた。仮に淀《よど》みだった場合にも立ち入り禁止の言い訳にしやすい。

「火山なんかだとたまにあるらしいの。例えば地面の下とか、あとは池から何らかの有毒な気体が出ていたとする。普段は風で散らされているけれど、たまたま風がなかったからいつもより濃度が高くなり、それを吸って倒れてしまった、とかね」

手巾《しゅきん》一枚ではさほど効果はないかもしれないが、今日は風があるようだし、ないよりマシだと思いたい。

「なるほど！　さすがは朱妃！」

「まだ仮説よ。倒れた時どんな感じだったか聞いた？」

「確か、何だか急に怖いような……悲しいような変な気分になったと言っていました」

「変な匂いはなかった？　頭痛や眩暈《めまい》、胸がムカムカするとか、そういう症状は？」

「さあ、分かりません。何しろ気が付いたら倒れていたそうなので」

「ふうん」

私は顎《あご》に手を当てた。

淀《よど》みじゃなければ、有毒な物質を吸ったか、酸欠の可能性を考えていたが、それとも違う気がする。私は首を傾《かし》げた。

「あ、朱妃。あれが願い石です。見えますか」

蔡美宣は立ち止まり、前方を示す。

辺りは大きな岩をくり抜いたような広場になっている。その片隅に池があるのが見えた。中央に乳白色の岩石が顔を出している。あれが願い石なのだろうか。

ぱっと見では周囲に淀《よど》みはないようだ。むしろ不自然なくらいないのは、たまたまだろうか。薫春殿の付近にだって少しは見かける淀《よど》みが一切ない。

先客の宮女《きゅうじょ》が一人、願い石に向かって手を合わせている。

「せっかくですから、わたくしもお願いしてきますわ！」

蔡美宣には怖いものなどないのだろうか。つい先日宮女《きゅうじょ》たちが倒れたというのに喜々として歩いていく。少し迷ったが、池のそばに宮女《きゅうじょ》がいるし、先に進んだ蔡美宣も平気そうだ。私も彼女の後を追った。

池の周囲に真っ白い小石がいくつも落ちている。周囲の岩や石と違い、願い石によく似た白い石だ。もしかすると願い石から剥落《はくらく》した欠片《かけら》なのかもしれない。

蔡美宣は池のほとりでその一つを拾い上げる。

「お願いごとをする時は小石をあの願い石に投げるのですって。当てられたら願いが叶うそうですよ！」

そう言って蔡美宣が投げた石は願い石に擦《かす》りもせず、離れたところにぽちゃんと落ちた。

「ああもう！　一回につき一投のみだそうですよ。まったく、何度も投げさせてほしいですわ！」

「まあ……うふふ。願い石詣《もう》でですか？」

蔡美宣が地団駄を踏んでいるのを見て、先客の宮女《きゅうじょ》がクスクスと笑う。

私は軽く会釈をした。

「ええ。噂に疎《うと》くて、願い石があるなんて今まで知らなかったの」

「そうですか。お願いごとが叶うと良いですね。あ、願い石に当てられなくとも、願い石から剥落《はくらく》したその白い小石を持ち帰ると運気が上がるそうですよ」

「まあ、それは知りませんでした！　朱妃、拾って帰りましょう！」

蔡美宣はしゃがみ込んでせっせと白い石を集めている。

「あの、その首に巻いたものは……？」

宮女《きゅうじょ》が不思議そうに問う。

「先日、この辺りで倒れた宮女《きゅうじょ》がいたそうなので。もしかしたら池から有毒な気体でも出てるのかしらと思って用心してきたの」

いい加減暑いし、目の前の宮女《きゅうじょ》は平気そうにしているから不要だろうと手巾《しゅきん》を外した。

「まさか。濁《にご》った池ならいざ知らず、これほど澄《す》んでいるのですから」

確かに、想像していたより遥《はる》かに綺麗な水だった。透明度が高く、底の石もはっきりと見える。気体が発生しているような泡《あぶく》もない。

「あ、あの、付かぬことを聞くけど、貴方はここに何度か来ているのかしら？」

宮女《きゅうじょ》にそう尋ねると、彼女は訝《いぶか》しそうに頷《うなず》いた。

「はい。毎日……というほどでもありませんが、供物《くもつ》を捧げによく参ります」

「あ、じゃあ、あっちの道にあった供物《くもつ》は」

「わたくしでございますよ」

池のほとりにも先程と同じ菓子と香が備えてあった。この辺りは風が吹けば香の通り道になるのか、煙がたなびいて広がっている。

「この願い石っていつ頃から噂になっているのか知ってる？」

「……さあ、どうでしょうか。わたくしは後宮に来て五年ほどになりますが、この願い石自体は来た当初からございましたよ。ただ、願い石と呼ばれるようになったのは私が来たより後だったと思います。でも、素敵な石でしょう。わたくしここに来ると心が洗われます」

宮女《きゅうじょ》はうっとりと両手を組んだ。

「そ、そう。貴方はここで気分が悪くなったことなどはないの?」

「いいえ、一度も。むしろ願い石のおかげで清々《すがすが》しい気分になります。倒れた方もいたそうですが、きっと願い石とは何の関係もありませんわ」

「ありがとう。あの、貴方はどちらの宮女《きゅうじょ》かしら」

宮女《きゅうじょ》は微笑みを浮かべたまま言った。

「わたくしは石林殿の宮女《きゅうじょ》でございます」

石林殿――近くにある宮殿だからもしやと思ったのだが、大当たりだった。石にうっとりするのも実に石林殿の宮女《きゅうじょ》らしい。

「最後に、一つだけいい? 一昨日《おととい》もお供えしに来たの?」

宮女《きゅうじょ》は首を横に振る。

「いいえ。すみませんが、もう戻らないと。急ぎますので失礼いたします」

宮女《きゅうじょ》は頭を下げ、逃げるが如《ごと》くそそくさと早足で行ってしまった。

私は眉を寄せた。頻繁《ひんぱん》に来ているのに、たまたま宮女《きゅうじょ》たちが倒れた日に限ってお供えに来ていないのだという。

「ねえ、どう思う？」

蔡美宣の方を振り返った私は脱力した。

蔡美宣が両手いっぱいに白い小石を集めていたからだ。話もまったく聞いていない様子である。

「いくらなんでも欲張りすぎ！」

「そうですか？　わたくしお願いしたいことがたくさんありますし。朱妃もお一ついかがですか？」

そう言ってこんもりと盛られた白い石を差し出してくる。

「……別にいらないけど。これ、何の石かしら」

願い石は石がぶつかった程度ですぐに剥落《はくらく》するようだからきっと脆《もろ》いのだろう。見た目は白翡翠《ひすい》に似た半透明の石だ。何かの原石か半輝石の類《たぐい》なのかもしれない。

私は蔡美宣に差し出された小石を一つ摘《つま》む。

――瞬間、ゾワッと肌が粟立《あわだ》った。

（なに、これ……）

悲しい、辛い、寂しい――そして怒り。

体内をそんな負の感情が駆け巡る。心がバラバラになってしまいそうだ。

こんな気持ちになったのは、そうだ、前にもあった。爺ちゃんが死んでしまった日の絶望、義母に私の荷物を全て焼き払われた激情。そして、雨了が遠からぬ内に死んでしまうと聞いたあの時。

突然、地面が迫《せま》ってきたと思ったら、私はその場に倒れ込んでいた。ひどく体が重く、起き上がれない。

(どうして……?　今日は風があったはずなのに)

池のほとりに供えられた香から、煙が真っ直《す》ぐに立ちのぼっている。

――いつの間にか風が止《や》んでいた。

気が付けば願い石から、うっすらと黒い霧が発生しているのが見えた。淀《よど》みを薄めたような黒霧。しかも、どこからともなく小さな淀《よど》みがコロコロと転がってきて、願い石に引き寄せられていく。

(あれは淀《よど》み……?　まさかこの黒霧って)

ゾッと血の気《け》が引いた。

周囲に淀《よど》みがないのではない。周囲の淀《よど》みを吸い取り、黒霧として放出しているのだ。ごく薄く、私も気が付かない内に吸い込んでしまっていた。

このままではまずい。とにかく離れなければ。

しかし体は動かず、意識まで水の中に落ちたかの如《ごと》く、とぷりと沈んでいく。

——飲み込まれてしまう。

（……いや……苦しい……やめて……）

私の体の中を激情がぐるぐると巡っている。

辛い気持ちが掻《か》き立てられ、体から溢《あふ》れてしまいそうだ。

体の感覚が痺《しび》れて分からなくなっていくのに、手の中の白い石だけがひんやりとして、まるで救いのように感じた。

（この石が……私を助けてくれる……）

『——ええ、そうよ。力を抜いて。ワタシを受け入れて。アナタの辛い思い、辛い過去。全て受け止めてあげる。助けてあげる。アナタは幸せになれるのよ』

耳元で女の声がした。知らない女の声。いや、どこかで聞いた気もするが、思い出せなかった。

優しく、柔らかく、母のように包み込んでくれる女の声。

『さあ、手を伸ばして。アナタの望みは――』

その声に従うように手を伸ばそうとし――突如、手のひらがカッと熱くなった。

焼きごてでも押し付けられたような熱。

「熱っつ!!」

反射的に手を振り払う。手のひらから小石がすっぽ抜けてどこかに飛んでいく。

そして私は目を覚ました。

体が動く。ガバッと飛び起きれば、あの願い石のある池のほとりのままだった。

「い、今の……」

心臓がバクバクと激しい音を立てている。先程まで見ていたものの恐ろしさに全身の毛が総毛立ち、指先は微《かす》かに震えていた。

――あれは、毒だ。しかも薬物の毒ではない。言葉の毒、感情の毒。それらを集めて凝縮した呪いの毒。

助けてあげると優しい声をかけてくるけれど、黒霧にした淀《よど》みを吸わせ、過去の辛い思いを揺り動かすのがあの石なのだ。誰が教えてくれたわけでもないが、本能の部分で私はそう感じ取っていた。

とにかくあの石は良くないものだ。まさか淀《よど》みを薄めた黒霧を放出する石があるだなんて。きっと普段はごく薄く、吸い込んでも健康被害が出ない濃度なのだろう。倒れた宮女《きゅうじょ》たちは、たまたま風のない日の濃い黒霧を吸い込んだせい。

私も今の熱さで目が覚めなければ、大変なことになっていたかもしれない。

「って、そうだ、蔡美宣は⁉」

私同様に蔡美宣も倒れているではないか。

私は倒れた蔡美宣に飛び付いた。

「蔡美宣！　しっかりして！」

彼女の閉じた目がピクピクと動いている。夢を見ているのだ。

揺さぶろうとした私より早く、黒いものが飛び込んできた。ろくだ。

「じゅううっ！　じゅうっ！」

「ろく？　どうしてここに……」

ろくは躊躇なく、蔡美宣の鼻にガブリと噛み付いた。

「んぎゃっ‼」

蛙《かえる》の潰れたような声と共に蔡美宣がのっそりと身を起こす。

「な、何ですの……あら、わたくし寝て……?」

キョロキョロと辺りを見回し、蔡美宣は大きなため息を吐きながらガックリ肩を落とした。

「なんてこと……あんなにたっくさんいた美男子が一人もいない! あれが夢だったなんて!」

「……蔡美宣たらそんな夢を見てたの。ねえ、女の声は聞かなかった?」

「うーん? いえ、わたくしが素敵な殿方に囲まれて芝居を見に行く夢でした。良い夢でした……いえそうでもないような」

蔡美宣は腕を組んで首を傾《かし》げている。

妖《あやかし》に夢を見せられていたのだろうか。あの妖《あやかし》は望みを聞いてきた。毒でありつつ望む夢を見せてくれるのかもしれない。

——だが、何のために?

私は眉を寄せた。

「あら、何だか鼻が痛い気がしますわ」

ろくが加減したのか、歯形は付いていない。それでも痛むらしく、蔡美宣は不思議そうな顔で鼻を撫でた。

「ろく、お前が助けてくれたの？」

ぺろぺろと体を舐《な》め、素知らぬ顔をしているろくに小声で聞いてみる。ろくは空を見上げて「じゅうっ」と一声鳴いた。

つられて上を向く。バサバサッと羽音がして、赤い鳥が飛び去るのが見えた。さっき私が倒れていたすぐ近くにも深緋色の羽根が落ちている。その大きな羽根は鴸《しゅ》のものに間違いない。

どうやらあの鳥の妖《あやかし》——鴸《しゅ》が助けてくれたらしい。もしかしたら、赤い花のお礼なのだろうか。なかなか義理堅いところがあるようだ。

そう思い、落ちている赤い羽根を拾おうと手を伸ばした。

しかし羽根に触れた途端、私は叫んだ。

「熱い‼」

さっきの手のひらで感じた熱はこれだ。思わず手を押さえる。

羽根は私の手から抜け、ヒラリヒラリと池へ舞い落ちた。

「朱妃？　何をやってるんです――ひいっ!!」

蔡美宣は悲鳴を上げ、池を指差す。

私もその光景に目を見開いた。

「願い石が……燃えてる……」

赤い羽根はボッと音を立て、油に落ちた炎のように一瞬で燃え広がった。池の水ごと願い石が炎に巻かれているではないか。

蔡美宣は呆然として口をあんぐりと開けている。私も同じだ。

頬にじりじりと熱風を感じた。これは幻覚ではない。

不思議な炎はほんの瞬きほどの時間で、何事もなかったかのように消え失せた。赤い羽根も燃え尽きたのか、もうどこにもない。

「な、なんだったの……」

願い石を見れば、無残にも真っ二つに割れていた。

今の炎のせいとしか思えないが、あまりのことに私はポカンと開いた口が塞《ふさ》がらない。

「はへ……？　願い石が割れて……ゆ、夢でしょうか。ほら、痛くない！　夢ですわね！」

蔡美宣はどういうわけか自分ではなく私の頬をぎゅっとつねってくる。私は乱暴に蔡美宣の腕を振り払った。

「痛いのはこっちだっての!!」

まったくもう、と呟きながらもホッとしていた。

私も蔡美宣も無事だ。

随分と混乱しているらしい蔡美宣は座り込み「変な夢だこと」と引き攣《つ》った笑みを浮かべて呟いている。もう面倒くさいので夢だと思わせておくべきかもしれない。

はあ、と息を吐いてろくを抱き上げる。

どう収拾を付けようか。考えるだけで頭が痛い。

ろくはザラザラした舌で私の手を舐《な》めた。慰めてくれているのかもしれない。

「……来てくれてありがとうね。助かった」

「じゅうっ！」

割れたせいか、それとも燃えたからなのか、何だか願い石の色がくすんで見えた。

さっきは眩《まぶ》しい乳白色で原石か半輝石のようだったのに、今はただの石塊《いしくれ》にしか見えない。

蔡美宣が拾っていた小石も灰色に変色し、足下に散らばっていた。拾い上げたがすっかり透明度が失われて、そこら辺に落ちている小石となんら変わりがない。

と、その時、私の耳に足音が聞こえた。誰かがやってきたのだ。

「きゃああ！　ね、願い石が！」

願い石詣《もう》でにでも来たらしい宮女《きゅうじょ》が立ち止まり、驚愕の表情で割れた願い石を指差している。

「い、一体、何が起きたのですか⁉」

「あ、あのね。お願いがあるのだけど……」

私は慌てている宮女《きゅうじょ》に頼み、衛士《えじ》たちを呼んできてもらうことにした。

一応池からも距離を取る。混乱して取り乱している蔡美宣は無理矢理引きずった。

「蔡美宣。ちょっと、蔡美宣てば！」

さっきからずっと「これは夢」と呟いている蔡美宣の背中を思いっきり叩く。

「きゃあっ！　しゅ、朱妃？　痛いのですが！」

呆然としていた蔡美宣が私を振り返った。目に光が戻っている。

いつもの蔡美宣のようで私はホッと息を吐き、それから肩をガシッと掴む。

「あ、あのね蔡美宣。雷が落ちたのよ！」

「雷……ですか？」

蔡美宣は目を瞬《しばたた》かせた。

少し苦しい言い訳だろうか。だがそれで押し通す。

「願い石に雷が落ちたの。蔡美宣はちょっと感電してたから、覚えていないのかも」

「そ、そうでしたかしら」

うーん、と考え込む蔡美宣に私は畳《たた》み掛けた。

「そうなのよ。ほら、現に願い石が割れてしまっているでしょう」

「まあ、本当ですね！　じゃあ、わたくしが倒れていたのも雷で……なるほど、そうだったのですか！」

蔡美宣は混乱しているからなのか、それとも元々深く物事を考えない性質なのか、原因は雷だと私が口から出まかせで言ったことを真に受けているらしい。

何とか蔡美宣を説《と》き伏せて一息ついた頃、衛士《えじ》たちが到着した。

「これは何事でございますか⁉」

私は彼らに蔡美宣に言ったことと同じことを言い張った。衛士《えじ》たちは怪訝《けげん》そうな顔をしている。

「雷……ですか。……なあ、そんな音していたか？」

「いや……」

蔡美宣よりは信じていない彼らだが、現に願い石は割れてしまっている。しかし、いくらなんでもあの大きな岩石を私や蔡美宣が割ったとは思わない様子だ。

蔡美宣も雷であると強く主張しているから、どうにか信じてもらえないだろうか。

その衛士《えじ》たちの後ろには、以前にも見た衛士《えじ》長が難しい顔をして願い石を見ていた。

「あの、衛士《えじ》長、ちょっと話して構わないかしら」

「……朱妃」

私が話しかけると衛士《えじ》長は弾《はじ》かれたようにこちらを見た。目の下に隈《くま》がある。何だか前に見た時よりもやつれているみたいだ。

「願い石が割れたのは雷のせいだと……朱妃は仰《おつしや》るのですね」

「そうよ。雷が落ちたの。それからあの場所は地下か池から有毒物質が出ているみたいだから、この辺り一帯の立ち入りを禁じてくれないかしら。うりょ……コホン。皇帝陛下が戻られたら、再度土壌を調べるようにお願いしようと思うから」

「……畏《かしこ》まりました」

願い石は鴸《しゅ》の羽根に焼かれて力を失ったようだし、あとはこの場所に人を近付けさせないようにすれば解決だろう。

「朱妃、お怪我はございませんか？」

「ええ、大丈夫よ」

「では、薫春殿にお送りいたします」

衛士《えじ》長は私と蔡美宣を薫春殿まで送るよう宦官《かんがん》に命じた。

その帰り道、蔡美宣はコソコソと耳打ちをしてくる。

「朱妃、衛士《えじ》長って素敵ですわね。渋くて大人の魅力がありますもの……まあ、わたくしの好みとは少し違いますが」

まったく、蔡美宣は相変わらずである。

私は肩をすくめた。

しかし、蔡美宣がそう言うのも分からなくない。

衛士《えじ》長は四十前後くらいだろうか。顔立ちは整っているし、物腰にも落ち着きがある。基本的に男性がいない後宮なので、のぼせあがる宮女《きゅうじょ》もいるかもしれない。

だが目の下にくっきりと隈《くま》があり、何だか前よりもやつれているのが妙に気になった。見た感じ淀《よど》みは憑《つ》いていない様子だが――

「そういえば衛士《えじ》長もあの願い石にお参りに行っていたみたいですよ。……割れちゃってガッカリしてるかもしれませんねえ」

私たちを送ってくれた宦官《かんがん》は呑気《のんき》にそう言った。

私は背筋を這《は》い上がるような嫌な予感がして、背後を振り返る。

衛士《えじ》長の姿はもう見えなくなっていた。

――その嫌な予感は、冷たく硬い石に似ている気がした。

第四章

願い石事件から数日が経過した。淀《よど》みを薄めた黒霧を吸い込んだが短時間だったからか、体調に影響は出ていない。

「あれ、また赤い花が減ってない」

中庭に鴸《しゅ》のために用意していた赤い花。しかし願い石の一件以降減っていなかった。

「……もうどこかに飛んで行っちゃったのかしら」

助けてくれたのだから、一度お礼を言いたかったのに。

抱き上げたろくにそう漏らすと、ろくはもがもがと腕の中で暴れ始めたので地面に下ろす。

「じゅうっ、じゅうっ！」

何事かを言っているが、ろくの言葉は分からない。

しかしついてこいという素振りを見せるので、私はろくの後を追いかけた。

中庭にある茂った低木の奥に入り込んだ時は正直困ってしまった。私では通れそうにない。そう思ったのだが、中は空洞になっていて屈《かが》めば通れそうだ。

「隠し通路みたい！」

物語にありそうで、ちょこっと楽しい気分になる。

しかし着物を引っ掛けでもしたら、宮女《きゅうじょ》からお小言をもらうかもしれない。何せ値段を考えただけで恐ろしいのだから。しかしろくを放っておくわけにもいかず、袖《そで》と裾《すそ》をくるっと捲《まく》り上げてから茂みに潜り込んだ。

くねくねした緑の隧道《すいどう》を通り抜ける。出口は思いがけず、薫春殿の外だった。ちょうど低木の茂みで出口が巧妙に隠されている。外からは出口はまったく見えない。表門でも裏門でもない箇所の出入り口。これでは本当に隠し通路だ。

「ここ、古井戸に行く道の方かしら」

なるほど、たまにろくが忽然《こつぜん》と消えるはずだ。ここを通って外に出ていたらしい。

「あっ、ろく！」

ようやく立ち止まったと思ったら、その隣にはろくと同じくらいの大きさがある巨大な蜘蛛《くも》がいた。

「貴方……前にも見た……」

恩永玉が朱華に命令され、私の寝具に蜘蛛《くも》を入れた時のことを思い出した。逃がした蜘蛛《くも》はあの巨大な蜘蛛《くも》のもとに去っていったのだ。

大蜘蛛《くも》という見た目は恐ろしいが、ろくはすぐ隣で平気な顔をして欠伸《あくび》と伸びをしている。危ない妖《あやかし》ではなさそうだ。

『龍、ノ、妃《きさき》……』

大蜘蛛《くも》はギチギチと鋏角《きょうかく》を鳴らしながら、金属を擦《こす》り合わせたような甲高《かんだか》い声を上げた。

私は目を瞬《しばたた》かせた。

「喋れるの⁉」

驚いたが、ろくだって喋らないまでも私の言うことは理解しているのだから、喋れる妖《あやかし》がいてもおかしくないのかもしれない。

『赤、ノ、鳥、飛ンデ、イッタ。遠ク、空』

「赤の鳥……それって鴸《しゅ》のこと？」

『妃《きさき》、石、気ヲ、付ケロ』

大蜘蛛《くも》は一方的にそれだけ言うと、カサカサと茂みに消えていく。

「じゅーう！」

ろくは得意げに胸を張っていた。

「もしかして、通訳を探してきてくれたの？」

「じゅう！」

そうだと言うように一声鳴いた。

「ありがとう。あの蜘蛛《くも》にも、お礼のお肉を用意しておこうか」

私はろくを抱き上げた。

きっとろくは、鴸《しゅ》がもう遠くに飛んで行ってしまったことを伝えたかったのだろう。なんて賢いのだ。ああ、ねこかわいい。

「それにしても、石に気を付けろだなんて。願い石はもう燃えて割れちゃったのに……」

私は首を傾《かし》げた。

「うわっと、このままじゃ怒られちゃう！」

私は着物に視線を落とした。枝に引っかけてはいないはずだが、土や葉っぱが付いてしまっている。丹念《たんねん》に落としてからこっそり戻った。

「朱妃ー！」

パタパタと軽快な足音を立てて若い宮女《きゅうじょ》がやって来る。頬を紅潮させ、こぼれんばかりの笑みを浮かべている。その両手にはしっかりと手紙が握られていた。

「皇帝陛下がお戻りになられます！」

「えっ、本当⁉」

「使者からのお手紙をいただきました！　皇帝陛下は傷一つなくご無事であられるそうです！」

宮女《きゅうじょ》は私にその手紙を渡してくる。急いで手紙を開くと彼女が言った通りのことが書かれていた。

また雨了に会える。夢じゃなくて、本物の。

私の心がとくんと音を立てて跳《は》ねた。

手紙は使いの者からだった。早馬で陣から先駆けて戻ってきたらしい。

その情報によると、馬理国での乱の気配は、迦国《かのくに》と馬理国における伝達の行き違いによる誤りであった、ということらしい。馬理国としては大掛かりな戦闘訓練のつもりだったと正式に謝罪して、迦国《かのくに》に変わらぬ恭順を示した、とのことだ。

実際はともかく、対外的にはそういう話で決着したらしい。

私は争乱にならなかったことに心から安堵して、息を吐いた。その拍子に紙がくしゃりと歪《ゆが》み、慌てて皺を伸ばす。

馬理国との会談もあるため、雨了たちの凱旋《がいせん》はまだこれからのようだ。

無事に雨了に会えると言っても、帰るだけでその道のりは遠く、長い。早くて数日後、戻ってからも溜まった仕事を片付けてからでないと後宮には来れないだろうから、会えるまでにまだしばらくかかりそうだ。

夢で見たように毎晩苦しんでいる雨了はきっと痩《や》せ我慢をして、ろくに休めていない可能性もある。そんな体で長距離の移動はどれほど大変だろうか。私は心配でならない。ふと、何か別の夢も見た気がするが、朧《おぼろ》げにしか思い出せなかった。

それでも私は気分が上向きになっていた。雨了が戻ってくるのが嬉しくて、何だか頬の辺りがむず痒《がゆ》いようなソワソワとした気持ちがどうにも止められない。

そんな浮ついた気分を紛《まぎ》らわせるために、ろくの柔らかいお腹《なか》をしつこく揉んでいたら、とうとう嫌がられて「じゅうっ」と鳴き声で抗議される。それでも私はろくを離さず、お次はほっぺをむにむにとする。猫は頭から尻尾の先まで余すところなくかわいいが、口のところのぷっくり膨らんだ辺りはもう堪《たま》らない良さがあるのだ。

　私は指をわきわきとさせながらその箇所へ手を伸ばした。

「うっふっふー。ろくー」

「じゅううう……」

「もう、ろくってば。もう少しくらい構ってよぉ」

「んじゅっ！」

「あっ！」

　だが、腹や頬をむにむにされ続けるのは相当に嫌だったらしい。とうとう我慢ならなくなったのか、ろくは一声上げてするりと私の手の中からすり抜ける。そして澄《す》んだ緑色の瞳で私を睨《にら》みつけると軽々と窓枠に飛び上がり、そのままぷいっと外へ出て行ってしまった。

　慌てて外の庭の方を見るが、ろくの黒い姿は濃い緑の茂みに隠されて、もうどこにもない。

「あらまあ、ろくも我慢の限界だったのでしょうか」

「うーん、ちょっとしつこくしすぎたかしらね」

「きっとすぐに機嫌を直して戻ってきますよ」

汪蘭がそんな私を優しい眼差しで見つめて微笑む。

「朱妃、陛下が戻られるそうですね。……良かったです。最近、朱妃は元気がありませんでしたもの」

「そ、そう？　私としては普通だけど」

私はツンと澄《す》まして顎《あご》を上げた。

脳裏には、そんな仕草が実に様になっていた青妃の姿を思い浮かべたのだが、私には全く似合わない。それでも、嬉しくてたまらないと知られてしまうのがなんとなく気恥《きは》ずかしくて、口からはかわいげのない言葉が出てしまうのだ。

汪蘭は私のそんな感情を見透かしたように穏やかに微笑む。

「ふふ、とても嬉しそうですよ。私はこう見えて宮女歴《きゅうじょ》は長いですもの。人の感情を読み取るのは得意なんですから」

なんだか恥ずかしい。

「もう、これ以上意地悪言うなら、こっちだって汪蘭の年齢聞いちゃうけど、良いのかしら？」

「まあ、聞いて楽しいものでもありませんのに！」

私たちは顔を見合わせてクスクスと笑った。

やっぱり、もうすぐ雨了に会えると思うだけで随分精神が上向きになっている。こんな、なんでもない会話まで楽しくて仕方がない。

「……本当のこと言うと、ずっと不安だった。だから、嬉しい」

「ええ」

本音をちょっとだけ言った私に汪蘭は微笑む。

夢で見たように雨了が苦しんでいるかもしれない。寄り添うことも出来ず、常に雨了を傷付けてしまう武器を持たされている。今も胸元には壁巍に持たされた細い巻貝の形をしている龍の宝刀があるのだ。その存在は忘れようと思っても忘れられない。とても恐ろしかった。

早く雨了が元気に笑う顔を見たかった。大きな手で私の髪をぐしゃぐしゃに乱しながら頭を撫でてほしい、なんて。

——考えただけで照れてしまう。

「あ、そうです！」

汪蘭が両の手をパチリと音を立てて合わせ、自然とそちらに視線が引き寄せられる。

「どうしたの？」

「陛下が薫春殿にいらっしゃるまでに、馬乳酒《ばにゅうしゅ》を用意しておくのはどうでしょう？」

「ばにゅうしゅ？」

私は耳慣れない音の響きに首を傾《かたむ》けて聞き返す。

「馬の乳から作ったお酒です。馬理国でよく飲まれているそうですよ」

「ああ、馬乳酒《ばにゅうしゅ》ね」

なるほど、合点がいった。

「確か、馬の乳を発酵させたやつよね。何か理由があるの？　そもそも美味しいのかしら……」

味の想像が全く出来ず、私はまた首を傾《かし》げた。

「酸味があり、好き嫌いが分かれるとは聞きますが。体に良く、酒精もごく僅《わず》かなので馬理国では女性や子供でも飲むのだそうですよ。それを陛下にお出ししてみるのも悪くないのでは、と思っただけなのです」

「陛下の好物なの？」

「いえ、そうではなく、陛下のお父上……亡き順帝は他国や地方との問題が片付いた際には、その場所で広く飲食されている物を必ず口にされていたそうですよ。願掛けや禊《みそぎ》のような物かもしれません。かつて、馬理国との問題解決後に馬乳酒《ばにゅうしゅ》を飲まれたこともあるとか。もしかすると陛下も知っていらっしゃるかもしれません。他ならぬ愛妃である朱妃がお出しすれば、きっとお喜びになるでしょう」

なるほど、と私は頷《うなず》いた。

もう十年以上も前に亡くなってしまった雨了のお父さん。もしかすると私にとっての祖父のような感じかもしれない。そんな人が生前やっていたことと同じことを勧めるというのも一興だろう。少なくとも私なら嬉しい。雨了が帰るのを待ちわびていたみたいで少し恥ずかしいけれど、雨了はきっととても疲れているだろうし、体に良いという馬乳酒《ばにゅうしゅ》が少しでも効くかもしれない。それに夢で見た雨了はとても苦しんでいた。何か少しでも雨了のためにしてあげたい。

「分かったわ。手配出来るかは楊益《ようえき》に確認してみないとね。……というか、やっぱり汪蘭て幾《いく》つなのかしら。先先代のことまで詳しいだなんて」

さっき揶揄《からか》われた仕返しだ。

何せ十年以上前に亡くなった方の話だ。薫春殿の宮女《きゅうじょ》は皆若く、後宮に来て日が浅い者ばかりだから、多分そのことを知っているのは汪蘭だけだろう。いや、他の宮殿の宮女《きゅうじょ》だって、知っている者がどれだけいることか。

「もう、よしてください、朱妃。私もほとんど面識はないのです。順帝が活躍されていた頃はまだ新米でしたし、遠目に窺《うかが》ったことがほんの少しあるだけで。……実は私の母も後宮にいて教わったのです。もう、ずっと昔のことになりますが……」

ふとその瞳が翳《かげ》る。私は聞いてはいけないことを聞いてしまったのかとドキッとしたが、汪蘭はすぐにいつもの柔らかい笑顔に戻った。

「女には一つや二つ秘密がある方が魅力的と聞いたことがありますもの。……私の歳は絶対に秘密ですからね」

そう言って唇に人差し指を当てながら、お茶目な仕草で片目をつぶってみせたのだった。

——それから数日。

宦官《かんがん》の楊益に頼み、馬乳酒《ばにゅうしゅ》を用意してもらうことは出来そうだったが、肝心の雨了はまだ帰還の報告がない。長い道のりを思えば仕方がないことだ。

「馬乳酒《ばにゅうしゅ》は手配いたしました。……それとは別の話なのですがね、最近朱家からの連絡が途絶えておりまして」

その楊益に馬乳酒《ばにゅうしゅ》のことで話をしていたのだが、彼は相変わらずぼんやりとした顔ながら、珍しく眉を八の字に下げ、気になることを告げたのだった。

「心中は複雑でしょうが、朱妃のご実家なのも事実ですし、気になるものですから少し前に様子を見に行ったのですが……」

「えっ、朱家に行ったの⁉」

「いや、ついでの用事もありましたからな。……しかし、朱家のあの立派な屋敷が驚くほどに荒れ果てておりましたよ」

私は楊益のその言葉に驚き、目を見開いた。微《かす》かに胸騒ぎを覚える。

「でも……朱家からの手紙なんて、元々お金の無心しかなかったのに」

「いえ、それすらなくなったのが、かえって気になりまして」

「確か、朱華は小火《ぼや》で義母が怪我をし、父も病で倒れ、使用人の盗難もあり――と不幸続きって言ってたのよね」

それらのことについては胡嬪が治療費を用立てたと聞いていた。

「別宅にでも移られたのなら良いのですが」

しかし小火《ぼや》にあったのに金の無心すらないというのは、義母の厚顔無恥な強欲さを思えば少し不自然だ。

朱華だって胡嬪の宮女《きゅうじょ》として決して少なくない給金をもらっているだろう。それを仕送りに当てているのなら怪我や病はあっても、父たちも問題なく暮らせるだろうと思っていたのだが。

「じゃあ、もう屋敷にはいないのかしら」

そう問うと楊益は相変わらずぼんやりとした面持《おもも》ちのまま首を捻《ひね》る。

「さて、どうでしょう。人が住んでいるようには到底見えませんでしたが、実際家屋の中はそれほどではないってこともありえます。再度訪問し、もし不在のようでしたら、心当たりのある親類縁者の家を訪ねてみようと思っております」

「父は役人だから、そっちに連絡をすれば――」

「いいえ、それが、なんでも持病が悪化したとして、もう随分前にお役目を辞したとのことです」

「え……？」

楊益は首を横に振ってそう答えた。そちらはとっくに調べていたらしい。

私はその言葉に眉を寄せた。

「何やら嫌な予感がしまして。少し人を使って捜してみて、もし親類の家におられるようなら薬と治療の費用を用立てようと思いますが……構いませんかね」

「……でも、そんなに手厚くする必要なんてあるのかしら」

私の口から、思わずトゲのある言葉が出たのは、義母から今まで散々ひどい目に遭わされ、大切な祖父の形見の本を尽《ことごと》く焼かれ、父にそれを見て見ぬふりをされた怒りがまだ燻《くすぶ》っていたせいだった。

私のその言葉に、楊益は情けなく眉を八の字に下げる。

「……朱妃のご事情を顧みれば、確かにそう思いますとも。しかし放っておくことで朱妃に不利益がかかった場合を私は気にしております。特に父君の朱高《しゅこう》殿とは嫌でも血が繋がっておりますからな。居所の特定と、親への最低限の義理は果たしていると、対外的に証明しておくことが大切なのです」

楊益は珍しく熱弁をふるう。そのせいか額には僅《わず》かに汗まで浮かんでいた。

「……もしかすると朱妃を逆恨みして、良くない企《くわだ》てをしているかもしれません。または何者かに利用されているかもしれないでしょう。それに私は朱妃がひどい親不孝者だなんて噂を立てられるのも気分が良くありません。気に食わないのは当然ですが、せめて居場所を押さえておくくらいはした方が良いでしょう」

確かにそれは納得がいく話であった。

だが出世欲がなく、ぼんやりとしていて情が薄いようにも見える楊益が、存外私のことを思っていてくれたので、渋々と頷《うなず》いた。

楊益はかつて襤褸《ぼろ》を着ていた私を追い払うこともせず、宮女《きゅうじょ》試験を受けるのに力を貸してくれた恩人だ。宮女《きゅうじょ》にでもなってとにかく朱家を出たかったあの頃。もう随分と昔のような気がしてしまうが、まだほんの数ヶ月前のことだ。

「……分かったわ。では楊益に任せます。それでいいかしら」

「ええ、ええ。任せてください」

楊益は皺のないつるりとした顔に好々爺《こうこうや》のような笑みを浮かべた。宦官《かんがん》ということもあり、どことなく近所のおばさんのように親しみやすい雰囲気でもある。

「……でも、もし朱家にいなかったらどう捜すの？」

「それは私の本領発揮というものですよ。まあ、ご存知でしょうが、私は元々間諜《かんちょう》をしていたものですからな。人捜しくらいであれば――」

「えっ……？」

楊益はそんなことを笑顔のままでさらりと言ってのけ、私は驚きのあまり零《こぼ》れるのではないかというくらい目を見開いた。

「へ、えぇっ、ああっ⁉」

楊益はそんな私の反応を見て、焦ったようにハッと口を押さえた。だがもう遅い。口から飛び出た言葉は回収出来ないものなのだ。

「……ごめんなさい。聞いてしまったわ」

ぼんやりとした掴みどころのない楊益が、まさかの間諜という信じがたい事実を知ってしまい、私としてもきまりが悪い。

「……コホン。冗談、冗談ですよ。そ、そういった読み物を最近読みまして……」

楊益は滝のように汗を流し、手をワタワタと動かしながらそんな風に誤魔化《ごまか》そうとするが、いくら私でも、今まで冗談の一つも言わなかった楊益に騙《だま》されるはずがない。

「楊益、貴方ね、自分で思ってるよりずっと嘘が下手くそよ」

楊益は懐《ふところ》から手巾《しゅきん》を出して顔の汗を拭《ぬぐ》う。しょんぼりと肩を落とし、気のせいか、ひとまわり小さくなったように見えた。

「あの……いや、間諜などと言いましても、元々才能などありません。順帝の時代、陛下より命を受け後宮の内外で人捜しをするくらいでして。当然、先代も今代の陛下も私のことはご存知です。で、ですから朱妃もとっくにご存知とばかり……」

「生憎と何にも知らなかったわ。でも少し納得した。楊益は宦官《かんがん》のわりに出世欲がないのはそのせいなのね」

宦官《かんがん》というのは、なまじ政治に関わる機会があるせいか、かつての梅応のように出世欲の強い者が多い。

だが、楊益は一応とはいえ愛妃である私を見出《みいだ》したくせに、政治への関心がなさそうで、未《いま》だに使い走りのご用聞きで満足そうにしているのだ。私としては顔見知りの楊益には頼みやすくて助かるから良いのだが。

「いやあ、政治に関わったり、間諜として活躍するより、気楽に朱妃のご用聞きをしてるのが一番ですよ。これは本当ですって」

「欲がないのねえ。そうだ、楊益は元間諜というのなら、どこかで聞いたことはないかしら」

私は楊益に雨了の鱗《うろこ》のことを尋ねてみる。

楊益は首を傾《かし》げて腕組みをした。

「龍の血を引く高貴な方々には鱗《うろこ》があると聞いたことはございます。しかし私が知っているのはこれくらいで……」

「そうよね……一応気に留めておいて」

きっと、まもなく雨了が帰ってくるだろう。

青妃も話し合えと言っていたし、本格的な鱗《うろこ》捜しはそれからだ。

「それにしても楊益には随分とお世話になったわね。私も宮女《きゅうじょ》試験であんなに簡単に通れたなんて不思議に思ってたの。もしかして、楊益が頼み込んでくれたからじゃないかしら？」

かねてから気になっていたことを告げれば、楊益はもう汗も出ていない額を何度も擦《こす》った。

「……ほ、ほんの少し、お願いしただけですよ。朱妃は元々が優秀でしたから。まるで最初から宮女《きゅうじょ》の心得を教わっていたのかと思ってしまいました。きっとお爺様の教育が良かったのでしょうね」

楊益が額を擦《こす》るのはどうやら照れ隠しでもあるようだ。

「それに私だけのことではありません。朱妃、覚えておりますか。陛下がお忍びで街にいらした時を」

「ああ、もしかして、垂衣《たれぎぬ》の笠を被《かぶ》っていた時のあれ？」

あの時の雨了は完全に不審者だった。突然横やりを入れられて怒ったこともあったっけ。

「はい。あの時、陛下がやけに気になさっているようだったので……。陛下はお忙しい方です。あのようにお忍びで出かけることなどありません。なのにあの日に限って外に出られたのです」

雨了は私のことを覚えていないなりに気にかけてくれていたのかもしれない。

「ですから、私がきっかけなどということはありません。これこそが巡り合わせというものでしょう。私もいくつもの縁があって後宮におるのですから」

「そうね……」

私だって朱家から出るための手段として宮女《きゅうじょ》を選んだだけだ。そこでたまたま雨了に愛妃として見出《みいだ》されてしまった。

「巡り合わせ……か」

たまたまでも今、私はここにいる。

このことにも何か意味があるのだと、そう思わずにはいられなかった。

「何だか不思議よね。後宮の中にいる人は秘密がたくさんあるの。楊益もだけど、青妃に胡嬪……私の宮女《きゅうじょ》の汪蘭なんかもね」

それから金苑の石嫌いなんていうのもあった。思い返せば、皆がすごく個性的な秘密を抱えている。

「そうですなぁ……青妃は言うに及ばず、胡嬪もなかなかに複雑な生い立ちではありますな。それに、あの若作りのおうれんという宮女《きゅうじょ》のことですか。うーん、朱妃付きでしたっけねえ？」

楊益は汪蘭の名前を間違えて覚えているようだ。やっぱりちょっとぼんやりしている。汪蘭は若作りではないし、他の宮女《きゅうじょ》と混同しているのかもしれない。本当に、こんな楊益が間諜だなんてよく務まったものだ。

「もう、汪蘭よ」

「おうらん……ううん、昔亡くなった宮女《きゅうじょ》にそんな名の者が……」

「やあね、縁起でもない。それにしても後宮って変なところよね。私は嫌いじゃないけど」

「……それはきっと、後宮とはそういう場所なのでしょう。必要がなければわざわざ後宮で働こうとはそうそう思いません」

「そうかもしれないわね」

そんな話をした数日後には早々に情報を掴んだらしい。

楊益は私のもとへと手紙と、何やら包みを送って寄越《よこ》したのだった。包みは片手で持てるくらい。大きくもなく重さもない。本か束ねた紙でも入っていそうだ。

「楊益は案外仕事が早いのよね。汪蘭は知ってたかしら。あのぼんやりした感じの宦《かん》官《がん》のことなんだけど」

私がそう言えば汪蘭は頷《うなず》く。

「ええ、以前に何度かお見かけしました。あの方も順帝の頃からおりますね。特に話す機会はありませんでしたが。朱妃を見出《みいだ》した宦官《かんがん》なのですよね」

「そうよ。だから私も話しやすいのもあって、色々頼んでいるの」

「そうでしたか。朱妃を見出《みいだ》すなど、なんて慧眼《けいがん》なのかと思っておりましたよ」

そんな恥ずかしいことを言ってのける汪蘭に私は手を振る。

「やだ、もうやめてよ。あの頃はただ家から出たくて、宮女《きゅうじょ》になろうって思ってただけだし」

私は包みを文机《ふづくえ》に置いた。

「そんなことはありません。朱妃は良い妃《きさき》です。……いつか素晴らしい皇后となられる日が来るでしょう」

汪蘭はいつもの優しい微笑みを浮かべている。何だか眩《まぶ》しいものを見つめるかのようだった。

「急になあに、変な汪蘭」

私はくすぐったい気持ちでぷいっと顔を背けた。

髪飾りの位置がずれていたのか、汪蘭の指が髪に触れた。やっぱりお母さんみたい。

振り返らなくても優しい眼差しを感じる。

私は照れ隠しに、ふと思い出した話をする。

「あ、そうそう、楊益ったらね、汪蘭の名前をおうれん、だなんて間違えて覚えているのよ。しかも若作りだなんて言うの。失礼しちゃうわよね。それじゃまるきり別人じゃない。それから死んだ宮女《きゅうじょ》がどうとかって」

私はクスッと笑いながら言った。――しかし汪蘭の返事はない。コトンと何かが床に転がった硬い物音だけがあった。

「……汪蘭?」

振り返ったが、汪蘭は忽然《こつぜん》と姿を消していた。

汪蘭が手にしていた髪飾りだけが床に転がっている。

「え、あれ?」

いつのまにか部屋から退出してしまったのだろうか。しかしそんなはずはない。出て行くような物音もしなかったし、話の最中に黙ってどこかにいってしまうほど汪蘭は非常識ではないはずだ。しかも髪飾りを床に転がしてだなんて。

「お、汪蘭、どこ?」

私は部屋中をあちこちと捜し回る。何度も呼びかけたが返事はないまま。ろくだけがじゅうじゅうと鳴いて私の足元にすり寄ってきた。

「ろく……汪蘭が消えちゃった」

消えたとしか思えない。わけが分からず汪蘭の姿を求めて視線を彷徨《さまよ》わせる。

「朱妃、失礼します」

キョロキョロとしていた私の前に姿を現したのは金苑だった。

「蔡美宣が来ておりますが、どうされますか？」

「あの、えっと、金苑。汪蘭を見なかった？　急に姿が――」

「おうらん？　申し訳ございません。その名前に聞き覚えがありませんが……」

金苑は冗談には思えない真面目な顔をしている。

「王蓮《おうれん》でしたら、蔡美宣と共に来ております」

私はその言葉に愕然《がくぜん》として目を見開いた。

「は……？　汪蘭よ？　私付きで……年齢は二十五、六くらいで、落ち着いた雰囲気の……」

金苑は困ったように眉を寄せ、首を横に振った。

「薫春殿の側付きの宮女《きゅうじょ》は基本的に朱妃に近しい年齢の者ばかりです。おうらんという名にも覚えがございません。その、体調がよろしくないのでしょうか……少々混乱されているご様子ですが、蔡美宣の方は断りましょうか？」

「えっと……ううん、大丈夫。少しだけ待たせておいて」

本当は頭がクラクラしていたが、私はなんとかそう言った。

「はい。……どうか無理はなさらないでください」

金苑が行ってしまうと、ろくは心配そうに鳴きながら膝に乗ってくる。

私はぎゅうっとろくを抱き締め、独《ひと》り言《ご》ちた。

「……そっか。私……分からないんだった」

亡くなった宮女《きゅうじょ》にそんな名前の者がいたと、楊益は言っていた。

「じゅうう……」

六本足のろくや、首を斬《き》られている円茘《えんれい》のように、見た目に大きな違いがなければ、私には人と妖《あやかし》の見分けが付かない。小さい頃からずっとそうだったではないか。

私のこの目は妖《あやかし》が見えすぎてしまうのだ。

――幽霊宮女《きゅうじょ》。誰から聞いたのだったろうか。死んだ宮女《きゅうじょ》が歩いている、と。それを「歩いているだけじゃない」とあの時の私は笑ったのだ。何も気が付かずに。

思えば汪蘭は薫春殿にいつのまにか居た宮女《きゅうじょ》だった。薫春殿という入れ物に、宮《きゅう》女《じょ》も道具類も全て用意されていたから、一人増えていてもそんなに違和感はなかった。皇帝の御渡りがない時期には宮女《きゅうじょ》の出入りが激しかったこともある。

それに言い訳をするのなら、宮女《きゅうじょ》と一括りに言っても、その仕事内容はかなり細かく分担されているらしいので、汪蘭が他の宮女《きゅうじょ》とどことなく違っていてもおかしいと思わなかった。身の回りの世話をしてくれる宮女《きゅうじょ》とはまた違う世話役か何かなのだろう、とそう認識していた。事実、汪蘭は物腰が落ち着いていて他の宮女《きゅうじょ》たちより歳が上に見えたし、後宮内のことにも詳しかった。だから髪型なんかが今の流行じゃない一昔前の雰囲気なのも、きっと年季の入った宮女《きゅうじょ》だからで、それも個性なのだろうとしか思わなかった。ましてや、幽霊だなんて思ってもみなかった。

「だって、汪蘭ったら、本当に元気そうなんだもの……」

ろくはじゅうじゅうとしきりに鳴いて私の頬を舐《な》める。

汪蘭の名前をいくら呼んでも、彼女が姿を現すことはなかった。

少し心を落ち着かせてから、蔡美宣を待たせていた部屋へ向かった。

蔡美宣の隣には見知らぬ宮女《きゅうじょ》が座《ざ》している。

蔡美宣同様、厚化粧の宮女《きゅうじょ》だ。しかし何だかチグハグだ。歳の頃は二十代の後半であろうか。だというのに少女の好みそうな色の着物、更にかわいらしい髪飾りをごてごてと付けている。派手で、若作りという言葉がぴったりだ。

私は彼女を見て思わず声を上げた。

「あっ、おうれん⁉」

楊益が言っていた若作りの宮女《きゅうじょ》の『おうれん』とは彼女に違いない。楊益が名前を覚え間違えているのではなかった。

では本当に汪蘭はいないのだ。胸がぎゅうっと切なくなる。

しかしそれを顔には出ないように我慢した。

「あら、朱妃は王蓮をご存知でしたか」

蔡美宣はお茶を飲んでいた手を止めて、目を見開く。

「ええと、会うのは初めてだと思うわ」

「初めまして。朱妃がわたくしの名前を覚えてくださっているなんて光栄です」

王蓮は甲高《かんだか》い声で挨拶の口上を述べた。

「それで、今日は何の用だったかしら」

「ええ、以前宝物庫の囁《ささや》く石の話をしましたでしょう。彼女が詳しいのです。ほら、父親が官吏で」

「はい。わたくしの父は、龍圭殿の式典関連を任されておりまして。もちろん宝物庫に出入りもいたします」

「じゃあ、王蓮のお父様は石が囁《ささや》きかけるのを聞いたことがあるの!?」

「さようでございます。基本的に宝物庫へは一人で入ることはありませんが、時折宝物庫の前を通っただけでも女の声が聞こえたそうで」

「んまあ、恐ろしいですわね」

「もう、蔡美宣は少し黙ってて。それで?」

私が促《うなが》すと王蓮は頷《うなず》いた。

「父は決して返事をしなかったそうです。しかし、心に強い願望がある者ほど、つい返事をしてしまったそうですわ」

「……強い願望、ね」

「ええ、その内の何人かは実際に宝物庫へ侵入したのです。宝物庫とはいえ、比較的侵入しやすい造りなのです。それというのも龍圭殿は儀礼用の建物ですので、持ち出すのが難しい大きさのものや古いものばかりで、一般的に言う金目《かねめ》のものはほとんど置いていないそうで」

王蓮は一旦口を閉じる。少し迷うように間を開けて再度話し出した。

「……その、彼らは宝物庫の中から石を持ち帰ったそうです。どうやってかは存じませんが、石の硯《すずり》を切り出したか割ったものと……。硯《すずり》と言ってもかなり大きな、実用性のない大きさだったのだそうです。五年ほど前に上皇様が気付かれた時には硯《すずり》はもう半分ほどの大きさになっていたそうですから」

私は目を見開いた。

「石を持ち出した⁉　な、何のために？」

「さあ、そこまでは……。売れるような素材でもなかったそうですし。しかし、父曰《いわ》く、近年身内に不幸があった者ほど引き寄せられ、石を持ち出した者は死んでしまったらしいと。本当かは分かりませんが、不審死の記録は実際に何件かあったそうです。そして、それは上皇様が石の硯《すずり》を破壊するよう命じられるまで続いたのだとか。あの……失礼なことを申し上げます。朱妃は龍圭殿の軒下で死体を発見なさったそうですが……」

　私は眉を寄せた。

　まだ色々伝わっているらしい。

　蔡美宣をチラリと見るとブンブンと首を横に振る。

「私が見つけたってわけじゃないんだけど……」

「ええとですね、その死体が石を抱えていたというのはお聞きではありませんか」

　私は首を傾《かし》げて思い出す。

「うーん、そういえば、そんなことも聞いたかもしれないわ」

「その死体、十年前に失踪した衛士《えじ》だそうですが、その頃同じような死に方をした者が他にもいて、彼らは皆、その硯《すずり》から切り出した石を持っていたそうです。それだけでなく――これはあくまで噂話でしかありませんが、十年前に良くない企《くわだ》てをしていた者も、白い石を持っていたのではないかと」

「良くない企《くわだ》てって、まさか青妃の――」

「す、すみません、わたくしにはこれ以上のことはちょっと……。あくまで父の受け売りですので」

「ええ、ありがとう」

蔡美宣に囁《ささや》かれ、私は王蓮に金で出来た指輪を渡す。なるほど、情報料というやつらしい。

話し終えた王蓮は指輪を持ってウキウキと帰っていった。

「で、蔡美宣はどれがほしいの？」

「いえ、わたくしは装飾品などいりません。たくさん持ってますので」

「じゃあ、どうしてわざわざ王蓮を紹介したりしたの？」

「それは、いずれわたくしに素敵な美男子を紹介していただくためですわ！　出来れば将来有望な方で！」

蔡美宣は拳を握り、力いっぱいそう述べた。しかし生憎と、私は後宮の外に出ない立場だし、男の知り合いもいないのだが。

私は肩をすくめた。

しかし蔡美宣のおかげで知りたかったことが少し分かった。

大蜘蛛《くも》は石に気を付けろと言っていた。

あれはきっと願い石だけのことではない。

「宝物庫の囁《ささや》く石……」

囁《ささや》く石は願いのある者を宝物庫に侵入させ、石を切り出して持ち帰らせている。願い石も願いを叶えるためにと石を投げさせ、願い石本体から剥落《はくらく》させたり、その白い石の欠片《かけら》を持ち帰ると運気が上がるなんて噂を広めたりしている。基本的なやり方は一緒だ。

（じゃあ石を持ち帰らせることが目的？）

それなら同一の妖《あやかし》なのだろうか。以前に蔡美宣が言った通り、五年前に宝物庫の囁《ささや》く石が破壊されたから、妖《あやかし》が願い石に移動したかのようだ。

むしろ宝物庫から出た分、石を持ち帰らせるのは容易になっている。

（でも、一体、何のために）

嫌な予感に心臓がきゅうっとして、胸を手で押さえる。

願い石は力を失ったが、再び移動して、別の石に憑《つ》いていたら――また同じようなことが再び起きてしまうのではないだろうか。

蔡美宣に、他にも石の噂があれば教えてほしいと頼んで帰らせた。

薫春殿の宮女《きゅうじょ》にも急いで通達をする。白い石には十分気を付けるように。石に関係するお呪《まじな》いや噂には近寄ってはならない、と。

それから青妃にも石について何か知らないかと手紙を出すことにした。間諜として後宮の内外に詳しいであろう楊益にも。思い付く限り、筆を走らせた。

喉の辺りが、石でも呑《の》み込んだように苦しい。

雨了はまだ帰って来ない。

なのに、今は話を聞いてくれる汪蘭もいないのが、悲しかった。


手紙を書くだけで随分時間が経ってしまった。

私は、はあ、と重い息を吐いて筆をおいた。

幽霊宮女《きゅうじょ》だった汪蘭はあれから姿を現さない。

雨了の鱗《うろこ》のこと、白い石のこと、そして汪蘭のことに加え、朱家までキナ臭い。

心を悩ませることが多すぎる。

私は膝の上で丸くなって寝ているろくを撫でた。

しかしあと少しで雨了が帰ってくるはずだから、それまでの辛抱だ。頬をぺちっと叩いて気合いをいれた。

「……そうだ。楊益の手紙も読んでなかった」

私はろくを起こさないようにそっと手を伸ばした。

手紙を開き、時候の挨拶文あたりを読んでいたところで、膝の上で丸くなっていたろくが急に立ち上がる。

「じゅうっ、じゅうっ！」

そのまま六本の足にきゅっと力を入れて床に勢いよく飛び降りるものだから、飛ぶ時の反動が私の腿《もも》にかかって痛い。

「うん、どうしたの、ろく？」

痛む腿《もも》をさすりながら私はろくを見下ろす。

ろくは淀《よど》みが目の前にある時以外は大人しいが、今はぶわっと黒い毛を膨らませ、長い尻尾を箒《ほうき》のようにパンパンにしながら鋭い声を上げた。

慌てて落ち着かせようと、手にしていた手紙を置いたところで、荷物を抱えた金苑が眉を吊《つ》り上げながら部屋に飛び込んで来た。

「朱妃、失礼します！」

金苑は手にしていた包みを鏡台に置いた。元々気の強そうな眉をさらに逆立て、肩はいからせている。先程のろくに負けず劣らずの様子だ。

「うわ、金苑まで。どうかした？」

思わずこっちがタジタジとしてしまうほど金苑は怒っている。美人なだけに怒るとより迫力が増す。とはいえ私は金苑に怒られるようなことは何もしていないはずだ。それでも怖いものは怖い。

「ええ、それはもう！　胡嬪がこちらに来られるそうです。朱華まで連れて、急に来訪するだなんて！」

「胡嬪が？」

「ええ、まったく、失礼にも程がありますよ！」

確かにそれは金苑が怒る理由が分かるというものだ。

後宮内はややこしい決まり事が多い。個人的に親しいならともかく、妃嬪《ひひん》同士で約束もなく急に来訪するのは礼儀上あまり良くないとされている。しかも胡嬪とは因縁めいた間柄にもかかわらず。だからこそ金苑も私を侮《あなど》られたと感じて怒っている。

ちなみに蔡美宣は無連絡でちょこちょこ遊びに来るので、金苑から蛇蝎《だかつ》の如《ごと》く嫌われていたりする。

金苑はその迫力ある顔をこちらに向けて言う。

「ですので、急ぎ支度《したく》をいたします。ああもう、せめて先触れだけでもしてくれれば良いのに！」

怒りながらも金苑の手は止まらず、私の着物や簪《かんざし》を手際良く用意し始めた。

「もう、最近こんなのばっかりね。手紙を読む暇もないんだから」

「まったくです」

しかもろくまで機嫌が悪い。こんな時、ろくの面倒を見ていてくれた汪蘭はもういない。一抹《いちまつ》の寂しさを感じる。

金苑は化粧道具を広げ、いくつもある筆を駆使して私の平凡な顔を少しでもましに見えるように整えていく。その化粧道具の中に、唇に塗るための紅があった。入れ物は貝。それはどうしても祖父の作ってくれた練り香水を思い出してしまう。同じ貝といってもこちらは鮮やかな色に塗られ、それだけで飾り物のように美しい。それでも何だか懐かしくなってしまう気持ちは止められなかった。

「お待たせ致しました」

金苑がそう言いながら、私を胡嬪のいる来客用の部屋にある椅子に座らせた。私が来るまで相手をしていたらしい恩永玉が、私の顔を見てホッとしたように微笑み、それからしずしずと下がっていった。

胡嬪と、そして朱華。

朱華は驚くことに黒々と張り付いていた淀《よど》みが綺麗さっぱり消えていた。一体どういうことだろう。

すっかり胡嬪に傾倒し、真面目に働いていると風の噂で聞いたが、そんな些細な心境の変化で淀《よど》みは落ちてしまうものなのだろうか。

朱華は胡嬪の宣言通りに自慢の黒髪を切り落とし、今は肩ほどの長さの髪を垂《た》らしている。長さがないせいか簪《かんざし》を着けてはいない。淀《よど》みが消えたからなのか顔つきにも険がなく、その垂《た》らし髪も相まって、どことなく以前より幼く見える。

それもあってだろう、私と今の朱華は少し似ていた。ガリガリだった私が妃《きさき》生活でそれなりに肉が付いたことも原因の一つだろう。以前は全く似ていないという扱いではあったが、今ならば私たちのことを知らなくても姉妹に見えるだろう。かなり複雑な心境ではあるけれど。

「朱妃、お忙しい中、このようにお時間を取っていただき、誠にありがとうございます」

いつもの無感情にも取れる声で言ったのは胡嬪だった。頭もしっかりと下げ、礼を示す。驚くことに朱華もそれに倣《なら》い深々と頭を下げた。しかし、今までのことがことである。簡単に油断をする気にはならない。

「それで胡嬪、本日はこの薫春殿に、どういった用向きでしょうか」

そう尋ねると、胡嬪は相変わらずの鉄面皮のまま答える。

「実は、この度《たび》、特別に省親《せいしん》を許されまして、故郷にしばし戻ることとなりました。そのご挨拶でございます」

省親《せいしん》、簡単に言えば里帰りである。

ここの後宮は、入ったら二度と出られない場所ではなく、宮女《きゅうじょ》たちも長期の休暇には実家に帰ることを許される。とはいえ、金苑たちに聞いた話によれば、荷物の持ち出しや持ち込みは非常に厳しく、上から下まで荷物をひっくり返して全て確認されるのだという。挙げ句の果てに戻る際にも孕《はら》んで戻って来てはいないか、病を持ち込みはしないかとこれまた厳しい身体検査もあるものだから、簡単に帰ろうという気にはなれないらしい。私はもう朱家を実家とは思えず、帰る気にもならないから、すっかり他人事と思っていたのだが。

しかしながら胡嬪はこうして後宮にいるのに人質の意味合いがあるはずだ。普通の宮女《きゅうじょ》のように簡単に出入りが許されるとは思えない。

胡嬪は、私の考えを読み取ったように言葉を続けた。

「ええ、わたくしも後宮に入って初めてのことです。本来であれば省親《せいしん》は許されず、両親とは年に一度、この後宮の来賓用の宮殿で僅《わず》かに面会するのみでありました。ですが、この度《たび》の遠征には将軍職を賜《たまわ》っております我が父が参加しており、その功労に報いるためにと特別に許可が下りたのです」

「そうでしたか」

かなり急な話だが、胡嬪の両親もそれだけ娘に会いたかったのだろう。

胡嬪がいつからこの後宮にいるのか分からないが、親元から引き離され実家に戻ることも許されなかったのは少しばかり同情する。

「そう長い期間ではありませんが、久方ぶりに戻ることが叶い、嬉しく思っています」

そう言う胡嬪はいつもと同じ口調や態度に見えたが、それでもどことなく嬉しいのが伝わってくる気がした。

「ではお兄様にも久しぶりに会えますね。ほら、鳥の餌《えさ》を送ってくれるという……」

「そうですね」

しかし胡嬪はあっさりと受け流す。物のやり取りはしていても兄とはそれほど仲は良くないのだろうか。

「それで、わたくしに仕えてくれている宮女《きゅうじょ》も何人かは連れて参ります。しかしさすがに全員という訳には参りません。この朱華も以前に比べれば働くようになりましたが、今回は置いていく予定なのです。もし朱妃さえよろしければ、わたくしのいない間、薫春殿で面倒を見てはいただけませんでしょうか」

そうつらつらと続けるのを聞いて、私は頬が引きつり、僅《わず》かな同情心も吹き飛んだ。

「はあ⁉」

「朱華は言われたことは出来ますが、まだまだ気働《きばたら》きが足りないのです。朱妃のところで厳しくしていただければ、わたくしが戻るまでにもう少し良い動きになるかと思いまして」

私は無理、とばかりに首をブンブンと横に振った。

しかし朱華は返事も聞かず、そそくさと立ち上がる。

「私、頑張って働きます。下働きでもなんでもいたします。厨《くりや》はこちらですね。食糧庫は……」

「ま、待って、待ちなさい！　金苑、止めて頂戴！」

「は、はいっ！」

朱華は勝手に奥に入り込み、厨《くりや》の手前でろくに立ち塞《ふさ》がれていた。ろくは尻尾を膨らませて朱華に威嚇《いかく》している。さっき怒っていたのは朱華の気配を感じたからだろう。

「勝手をされては困ります！」

金苑はその隙に朱華を捕まえた。そのまま連行するように戻ってくる。だが当の本人は悪びれる様子はない。

「お願いします。私は心を入れ替えました。真面目に働きます。姉妹だと思わず、朱妃に心からお仕えしますから」

「薫春殿の主人である私が嫌だって言ってるのだから、無理なものは無理なんです！胡嬪、私は朱華を受け入れるつもりはありません。話はこれで終わりでよろしいですね。どうぞお帰りください！」

胡嬪や朱華が何を企《くわだ》てているか分かったものではない。私は強く突っぱねた。金苑も眉を寄せてうんうんと頷《うなず》いている。

青妃から、朱華が近付いて来たのならきっと何かを命ぜられているだろうから気を付けろと忠告されたのを思い出す。こうして殊勝《しゅしょう》にしているが、私が朱華を受け入れたら、次は何をされるか分かったものではない。

しかし朱華はサッと顔色を変え、その場に膝を突いた。

「で、でも、それでは胡嬪の命令に背くことになってしまいます！　どうかここで働かせてください。じゃないと私、あの鳥のように――」

ひどい取り乱しようだった。ガクガクと震えている。そんなにも胡嬪の不興を買うのが恐ろしいのだろうか。

「朱華、黙りなさい」

騒いでいた朱華は、胡嬪に一言命令され、ピタリと動きを止めた。

「はい……取り乱して申し訳ございません」

「朱妃、大変失礼致しました。朱華も謝りなさい」

「はい胡嬪。朱妃、勝手をして申し訳ありませんでした」

その態度に、私と金苑は思わず引き攣《つ》った顔を見合わせた。

あれだけ取り乱していたのが嘘のようだ。ケロッとしていて薄気味悪い。場末の三文芝居でも、もう少しマシではないだろうか。最初から全部、胡嬪と示し合わせていたのかと思ってしまう。

胡嬪はまったく変わらない態度のまま、朱華を伴《ともな》って帰っていった。

私は彼女たちが去ると椅子に座ったまま、ズルズルと姿勢を崩して卓へと突っ伏す。

「……疲れた。嵐がいきなり来て去ってったみたい」

「お疲れ様です、朱妃」

私に負けず劣らず疲れた顔をした金苑と恩永玉の顔を見て、つい苦笑した。

困り顔の恩永玉が、指をそわそわさせて口を開く。

「あの……朱華、変な感じでしたよね」

「ええ、何だか気味が悪いというか。あの鳥がどうの……と言っていた気がしますが……朱妃、何かご存知ですか？」

「……さあ」

胡嬪は鳥を飼っているのだったたか。いや、飼っていた鳥が死んでしまったと言っていたかもしれない。

私は眉を寄せた。

（それなら、あの鳥みたいに……死んでしまう、とでも？）

いや、あの怯えようなら『殺されてしまう』とか。

まさか、と思いつつ、胡嬪の無機質な瞳を思い出し、体を震わせた。


化粧を落としてもらい、帯が少し楽な室内用の着物に着替えさせてもらって、疲労感でふらふらとしながらも自室に戻ってきた。

腰を落ち着けたところでうなじにピリピリとしたものを感じて思わず手で押さえる。

「……雨了？」

立ち上がり、後ろを振り返っても雨了がいるはずはない。けれど近付いて来ている気がした。もしかすると城に着いたのかもしれない。

これはそういう予感だった。

（……雨了が帰って来たんだ！）

きっと、早ければ明日にも。

うなじがピリピリするのに連動するかのように、私の胸の鼓動も速まっていた。

第五章

雨了が帰って来る。

それは胡嬪と朱華の来訪で感じた悩ましさを、全て吹き飛ばしてくれる風のような清々《すがすが》しさだった。

しかし、そう感じたのは最初だけ。薫春殿は蜂の巣をつついたような騒ぎになってしまった。

突如、雨了来訪の先触れがあったのだ。予想していたよりずっと早い。

どうも、本来なら朝まで続く祝宴を途中で抜けて来るらしい。急に決まったので時間が足りず、宮女《きゆうじよ》たちは私の衣装類の準備に始まり、ひたすら慌ただしい時間を過ごしていた。

「金苑、朱妃の着物はこちらでよろしいですか」

「あ、これではなく……ほらこれ、皺が入っているでしょう。その横にあったものを」

「あっ、はい！　すみませんっ！」

「それなら腰帯も違う方が良いですね、私が持ってきますから」

「朱妃、湯の用意が出来ました。こちらへ！」

「香油はこちらを」

私の方も湯殿《ゆどの》で入念に洗われ、磨《みが》き立てられる。

胡嬪の突然の来訪でバタバタしていたこともあり、宮女《きゅうじょ》たちは昼から休憩を取る暇もなかっただろう。着せ替え人形のようにされた私も、文句など言えるはずない。

今回は久々の来訪な上、無事の帰還を祝うということで、特にきちんとした格好で迎えなければならず、必然的に金苑たちが忙しくなってしまうのだった。

「あ、ねえ、馬乳酒《ばにゅうしゅ》は準備出来てるわよね」

私は宮女《きゅうじょ》を呼び止めて聞いた。

「はい。今朝届いたばかりの新鮮なものと、発酵が進んだものの両方ございます。どちらをお出ししましょう」

「確か発酵すると味が変わるのよね。両方用意して、飲み比べるのも面白くていいかもしれないわね」

「かしこまりました。では、そのように準備いたします」

「うん、お願いね」

私がそう言うと、厨《くりや》を司る宮女《きゅうじょ》が笑顔で請け合ってくれた。

汪蘭はもういない。しかし彼女の提案である馬乳酒《ばにゅうしゅ》の入手は無事に済んだ。体に良いという馬乳酒《ばにゅうしゅ》で、少しでも雨了の体力を取り戻すことが出来れば良いのだが。

私の方は着替えと化粧も済んでしまい、こうなると少しだけ余裕が出来る。けれども綺麗な着物に毛が付着するかもしれないので、ろくと遊ぶことは禁じられていた。長い裳裾《もすそ》をずるずると引き摺《ず》って歩くわけにもいかないし、下手に何かをして着物に皺を作ったり、頭にゴテゴテと挿《さ》した簪《かんざし》を落としては金苑たちに申し訳ない。

とはいえ雨了が訪れるまではまだ間がありそうだし、手持ち無沙汰だ。

「あ、そうだ、楊益からの手紙……！」

バタバタと忙しく、まだ読んでいなかったのだ。

私はそろそろと動き、楊益が送ってきた小包を持ってきて、まず手紙を開く。顔に似合わない細々とした達筆である。

私はその内容に目を見開いた。

――それは朱家の消息についてだった。

荒れ果てた母屋《おもや》。楊益と他数人で屋敷内部に入るも、室内は外と変わらないほどひどく荒れていたのだという。

おそらくは火事のせいなのだろう。焦げた屋敷の半分は崩れ、焼け残った部分にもまともな家具がない。金目《かねめ》のものはすっかり持ち出されていたようだ。

壁は崩れ、あちこちに穴が開き、床には割れた陶器の欠片《かけら》が散乱している。泥や汚物が擦《なす》りつけられた様子もあったという。すっかり荒らされたその様子から、人が住めるとも思えない。ましてや元が小金持ちの役人夫婦である。おそらく火事の後、無人の屋敷を心ない盗人《ぬすっと》が荒らしたのだろう、と楊益は最初はそう思ったようだった。

――だが、屋敷の探索中に、父と義母を発見した。

二人は息こそあるものの、すっかり呆《ほう》けた様子で、ただ雨風が凌《しの》げるだけの窓に板を打ち付けられた小さな部屋に押し込められていた。

使用人が使っていたと思《おぼ》しき薄い布団に寝かされており、このまま放置していればいつ死んでもおかしくなかっただろう、と。

彼らの手の届く場所には食べ物が置かれていた形跡はあったが、今はもう食べ尽くしたようで何もなく、押し入ってきた楊益たちにもろくに反応もしない。すぐに医師に見せたが、どうやら頭がぼんやりする類《たぐい》の薬を食事に混ぜられていたのではないか、ということであった。

私はぶるりと体を震わせた。

朱華が言っていたことの数倍ひどい状況だ。私には義母はおろか、血の繋がった父だって慕う気持ちはない。それにしたって酷《ひど》すぎる。憎《にく》い相手ではあるが、いくらなんでもこんなことをしたいとは思わない。読んでいるだけで胸のあたりがムカムカしてきた。

楊益は、安全な場所に父たちを匿《かくま》い、治療してくれているそうだ。そして、薬の入った食事を届けていた人物がどこの手の者かを調べるため、後宮をしばらく離れるとも。

私は一つ溜息を吐いた。吐く息と共に不快感が消えてくれることを望んだが、そうはならなかった。

あまり考えたくはないが、胡嬪の仕業としか思えなかった。

朱華は胡嬪が朱家の面倒を見てくれるのだと言っていたはずだ。金銭や薬の支援をしてくれると。だというのにこんな状況なのだから。

しかも私や楊益の行動を察したかのように、胡嬪はもう後宮から離れてしまっている。朱華はまだ後宮にいるはずだが、まさかこのことを知って平気なはずがない。おそらくは知らないのだろう。

朱華は性格が良いとはお世辞にも言えないが、両親から愛され、彼女もまた両親を愛していたはずだ。こんなひどいことに加担しているとは思えない。明日にでも朱華に手紙を書いて石林殿に届けようと思った。それを読んだ朱華がどんな反応をするのかは……今はまだ想像もしたくない。

（雨了にも相談しなきゃ……）

唇を噛みかけて、綺麗に紅を塗っていることを思い出してぐっと堪《こら》えた。

次《つ》いで小包の方を開き、私はまたもや目を見開いた。先程とは同じ反応ながら、私の心は逆方向へと傾く。

小包には古びた書物が入っていた。

手書きの表題には『薬学のまとめ』とだけ書かれていた。

書物というよりは、書き付けの束を糸で綴《と》じただけのもの。作者名もない。それでも私にはこれが何か分かった。

「これ、爺ちゃんの字だ……」

懐かしい祖父の書いた文字。中身も全て、祖父の手書きの本。

私はそっと古びて色褪《あ》せた表紙をなぞる。

祖父の所有していた書物は全てとっくの昔に義母の手によって焼かれて、もうこの世にはないのだと思っていた。それがまさか、まだあったなんて。それも、祖父の手によるものが。

パラパラと捲《めく》る。中身はその表題の通り薬学関連の書き付けのようだった。

既に暗記していた薬の作り方もあった。けれど私が細部を忘れてしまったものや、初めて見る薬の材料や煎《せん》じ方まで見つけ、先程までの憂鬱な気分は吹き飛んでいく。

楊益からの追伸の手紙もあった。

どうやら義母は、祖父が所有していた書物にそれなりの値段が付くと知り、焼かずに売り捌《さば》いたようだった。しかし、この本だけは個人的な書き付けなので値段が付けられず、買い手も見つからないまま古書を扱う店に残されていたらしい。朱家から買い取った本ということで、楊益が探し出してくれたのだ。

胸が熱くなって、私は書物の頁《ページ》を捲《めく》る。

夢中になってパラパラと捲《めく》っていたが不意にその手が止まった。龍という字が見えたからだ。

「龍……?」

祖父は壁巍とは友人であったが、壁巍が龍であったとは知らないはずだ。

訝《いぶか》しく思いながらもその頁《ページ》を開くと、薬学とは関係のなさそうな龍についての記述だった。龍の好むもの、生息地や古い伝説、毒の効きにくい龍でも効く毒や、その解毒薬の作り方に至るまで。

「……何で、爺ちゃんが龍のことを調べてるの?」

途中から薬学ではなく、龍のことばかり記されていた。まるで、私がこうして龍の血を引く雨了の愛妃になることを知っていたかのようだ。

(壁巍の正体に気が付いていたとか。……それともただの偶然?)

気が付けば時間が過ぎ、そろそろ、と宮女《きゅうじょ》が呼びに来た。もう深夜だが、祖父の本のおかげか眠気もなく、むしろ元気なくらいだった。

久しぶりに雨了に会えるのだ。自然と唇が笑みの形を刻む。

私は強まっていくうなじのピリピリとした感覚に、雨了の到着を感じた。

「おお、莉珠！」

相変わらず、やたらと声の大きい雨了。

薫春殿の門前に迎えに出た私の姿を認めて、大きな声で名前を呼んだ。いや、いつもより随分と上機嫌な様子。白皙《はくせき》の肌もほんのりと上気している。

（……ってうわ、酒臭いっ！）

しかし思わず顔を顰《しか》めたくなる強い酒の匂い。それが数歩離れた私のもとにまで漂ってくる。

雨了は親征《しんせい》から戻ったばかり。きっと祝宴でも酒を出されているだろうから、酒臭いのは当たり前だ。しかし臭いものは臭い。

とはいえ、思っていたよりも元気そうだ。酒のせいもあるのだろうけど、夢で見た時ほど顔色も悪くはない。

少し安心してホッと息を吐いた。

「おかえりなさいませ。ご無事の帰還をお待ち申し上げておりました、陛下」

私は宮女《きゅうじょ》たちの目があるので、いつもより幾分大人しく、妃《きさき》らしく努《つと》めた。だがそんな態度も酔っ払い相手には意味がなかったようだ。

「莉珠よ、どうだ？　俺のいない間に少し大きくなったのではないか？」

雨了は衛士《えじ》や宮女《きゅうじょ》の目も気にならないほど酔っているのか、大股でズカズカと私の前までやって来ると、その大きな両手で私の腰を掴んだ。

「え、ちょ、陛下っ……ひぎゃっ！」

ひょいっと、赤子をあやして高い高いとするかのごとく、軽々と持ち上げられる。

いや、赤子や猫を抱き上げるのなら、これほど手荒には扱わないだろうというくらい乱暴な手付きだ。そのままブンブンと振り回された。上下に左右、くるくると私を両手で抱き上げたまま回る雨了を止められる人間など、この国にはいないだろう。なんせ皇帝陛下本人である。

「いやあああぁ止まってええええ!!」

「わはははは！　軽いぞ！」

「しゅ、朱妃っ！」

私は高さもあって目を回していた。頭から血の気《け》が引いていく。周囲はさらに顔色を失くして真っ青だ。上機嫌なのは雨了一人である。

振り回されて遠心力のまま雨了の手からすっぽ抜けないように、雨了の着物の袖《そで》に爪を立ててしがみ付いた。

ブン、と回転する度《たび》、頭にいくつも挿《さ》した簪《かんざし》が飛んでいく。そのいくつかは地面に落ちる前に金苑や恩永玉が飛び付いて手で受け止めたのがチラリと見えたが、全ては無理だろう。繊細な金細工や玉に傷が入ってしまったかもしれない。自分で買ったものではないとはいえ、一つの値段を考えただけでゾッとする。

「ふむ、まだまだ軽いではないか、莉珠。ちゃんと食べていたのかぁ?」

「ちょ、ちょっと待って、止まって、ください、へ、陛下! もう、雨了、止まってってば!!」

雨了と呼んだからかは分からないが、ようやく私を振り回す手を止めてくれた。

しかし私は息を吐く暇もなく、そのままぎゅうっと抱かれてしまう。足は地面に付かないまま、背中に回った雨了の腕は痛いほどだ。いくら背丈のわりに頑丈な私でも痛みは普通にある。

さらに頬を何度も擦り付けられ、簪《かんざし》が全て飛んでいって何も挿さっていない頭に雨了は顔を埋めるのだった。

「ああ、本物の莉珠だな……うん、よい香りだ。久方ぶりだ……」

匂いをすんすんと嗅《か》いでいるらしい。私は恥ずかしさのあまりカッと体温が上がってしまうのを感じていた。肩口をぺちっと叩く。さすがに宮女《きゅうじょ》の目があるところで本気で叩いたりは出来ない。

「雨了、雨了ってば！　まだ金苑たちが――宮女《きゅうじょ》がいるから、今はやめて！」

しかし気の利《き》く宮女《きゅうじょ》たちはすすすと数歩下がり『何も見ておりません、聞いておりません』という澄《す》ました顔をしている。

今の私は、むしろその気遣いがいたたまれなかった。

「ああ、すまなかったな莉珠。少々酒が回っていたようだ。知っているか、酒を飲んだ状態で輿《こし》に乗って揺られると余計に回るのだ」

「私はお酒を飲みませんので存じません」

私は雨了が手にしている杯《さかずき》に水をドポドポと注《そそ》ぎながら言った。

酔っ払って手が付けられない雨了だったが、何とか奥の間に連れて来て、たっぷり水を飲ませたことで少しは酔いが覚めて来たようだ。

「なんだ莉珠、その物言いは。拗《す》ねているのか？　俺がそなたの簪《かんざし》を飛ばしたから」

「べ・つ・に！　拗《す》ねてなんかいません！」

せっかく綺麗な格好をしたのに、ちゃんと見せる暇もなくぶん回されて簪《かんざし》が飛んでしまったことに怒っているわけではない。

「では、着替えて参ります！　雨了はその酔い覚ましを全部飲んでくださいませ！」

雨了のせいとはいえ、乱れた髪や着物のままでいるわけにはいかない。それに時刻も、もう深夜を回っていた。

遠征から戻ったばかりで疲れているだろうし、酒が入ってべろべろの雨了は早々に寝かせてしまった方がいいだろう。と、私ももう少し簡素な着物に着替えることにしたのだ。まだ雨了に脱がしてもらう関係ではない。雨了の態度からしても、私のことをまだまだ子供と思っているようだし。いや、下手をしたら飼っている小動物、くらいの認識かもしれない。ムッと唇が尖《とが》ってしまうが、これは決して拗《す》ねているわけではない。断じて拗《す》ねてなどいないのだ！

「莉珠」

そんなことを考えて退出しようとした背中に、雨了の声が掛かった。

「そのだな……先程のそなたは……大変に……愛らしかったぞ」

私はその言葉一つでカアッと顔が熱くなる。

ほんの少しだけ振り返れば、雨了は私からそっぽを向くように壁の方を見ていた。

しかしその頬は、酔いのせいだけとも思えないほど赤く染まっていた。

「き、着替えて来る！」

「……ああ」

心臓が早鐘を打っている。思わず胸のあたりをぎゅっと押さえた。

（そうだ、約束――）

私は雨了からたった二度だけ、不意打ちの口付けをされた。それを私は嫌だと言った。ちゃんとしてほしい、だなんて恥ずかしいことを口走り、雨了と帰ってきたらと約束をした。

顔の熱は冷めるどころかますます熱くなっていく。

――胸が、ドキドキする。

「朱妃、では着替えを――あの、大丈夫ですか？　お顔が真っ赤です。まさか、お熱が？」

「え、あ、だ、大丈夫!! ちょっと暑いっていうか!!」

着替えを手伝おうとする恩永玉に、私は手をパタパタと振ってみせた。

「そ、それより、こんな遅くまでありがとう。恩永玉もだけど、みんな昼から全然休んでないでしょう」

今日は来客が多くバタバタしっぱなしだったのだ。

「これから交代で休みをいただきますから平気です。控えの間には寝ずの番をしている者がおりますから、何かありましたらお呼びくださいね」

「うん、ありがとう。多分、この調子だと陛下もすぐ寝てしまうと思う。それに私も結構疲れてるから」

「はい、ゆっくりお休みくださいませ。お待たせしました。帯は苦しくありませんか」

「平気。ありがとう。それじゃあ、おやすみなさい」

着替えさせてもらった私は、少し時間を置いたことで顔の熱が随分と冷めていた。

すうはあと大きく深呼吸をして雨了の待つ奥の間に向かう。

ぐるりと薄い紗《しゃ》のかかった天蓋付きの大きな寝台で雨了は片膝を立てて座っていた。

ドキッと鼓動が大きく跳《は》ねて目線を逸《そ》らした先に、さっきはなかった酒器の載った盆がある。おそらくは馬乳酒《ばにゅうしゅ》だろう。私が着替えている内に厨番《くりや》の宮女《きゅうじょ》が運んできてくれたのだ。

既に酒が入っているのに更に酒を飲ませるのはどうなのだろう、と思わないでもなかったが、確か酒精が低く女子供でも飲むのだったか。

「莉珠よ、戻ったか。そなたが退出している間に宮女《きゅうじょ》が運んで来たのだが、なんだこれは。何やら奇怪な匂いがするが」

私は雨了の横に座った。

酒器を覗《のぞ》き込めば白濁した液体が見える。雨了の言う通り、酒の匂いというより、酸っぱそうで若干生臭くもある。今まで嗅《か》いだことのない匂いがしていた。

「これ、馬乳酒《ばにゅうしゅ》って言うんだって。馬理国でよく飲まれている馬の乳を発酵させたお酒でね。あ、お酒って言っても酒精が低くて体に良いそうよ。新しいのと発酵が進んだので味が違うから両方用意してもらったけど、どっちがどっちなのかしらね」

酒器が二つに酒杯も二つ。飲み比べれば分かるのだろうか。

「あのね、私の宮女《きゅうじょ》から聞いたんだけど……順帝は、他国との問題が片付いたら、その地の食べ物とか飲み物を口になさったんだって。それで……験担《げんかつ》ぎというか……私も用意してみたんだけど――」

全て説明する前に雨了に抱き竦《すく》められていた。先程の乱暴な仕草とは違う。そっと抱き寄せられ、背中に回された腕は熱い。

「莉珠……そなたの気遣いに感謝する。ああ、俺もかつて母から聞かされたことがある。俺の父、順帝は決して民の数をただの数字と思わぬよう、その一人一人に生活があることを忘れまいと、こういったものを口にして、その度《たび》に国と向き合うと誓ったのだと……」

ただの験担《げんかつ》ぎではなく、そういう意味合いもあったらしい。もうずっと前に亡くなってしまったが、きっと、皇帝としてだけでなく、人としても素晴らしい方だったのだろう。

「それに今は俺を思って用意してくれたそなたの気持ちが嬉しい。せっかくだ、味わっていただくとしよう。莉珠も飲むだろう。酒杯も二つあるのだしな」

「うん」

結局どちらがどちらか分からないので、互いに異なる方を口にしてみることにした。青磁の小さな酒杯に味見程度の一口か二口で飲めてしまう量を注いでみる。やはり白く濁《にご》り、発酵のせいなのかプクプクと僅《わず》かに泡が立った。雨了に注いだ方が少し泡の量が多いかもしれない。その程度の差で、匂いも大差ない。

「それじゃ、飲んでみましょうか」

「ああ」

私と雨了は手に酒杯を取る。

やはり不思議な匂いだ。馬を飼ったことはないから、これが馬の乳の匂いなのだろうか。私は母親を早くに亡くしたので、赤子の頃には山羊《やぎ》の乳を飲んでいたと祖父から聞いていたが、さすがに記憶にはないので比べようもない。

「うう……」

私は眉を寄せた。

せっかく用意してもらったが、ちょっと口を付けにくい匂いだ。

ふんふんとしつこく匂いを嗅《か》いでいる私のことを気にもせず、雨了はサッと酒杯を呷った。ほんの一口程度の分量だからすぐに飲み終えてしまう。

それを見て私も口を付けようと、急いで酒杯を持ち上げた。

「っ……、莉珠っ!!」

私の手から酒杯が消えた。

「え……？」

雨了が叩き落としたのだ、と気が付いた時には青磁の酒杯は床に叩きつけられ、儚《はかな》い音を立てていた。

「……く、莉珠、飲んで、いないな？」

「う、雨了……？」

雨了は私の酒杯を叩き落とした手で、今度は己の口を押さえた。

落ちて割れた酒杯から、白い馬乳酒《ばにゅうしゅ》がじわりと床に広がっていく。

それを見て、ドクン、と心臓が嫌な音を立てた。

「……毒、だ」

ゲホッと咳き込んだ雨了の唇から、赤いものがつうっと一筋伝《つた》って垂れた。

――ああ、血が。

顎《あご》を伝《つた》い、ポタリ、と雨了の着物に赤い滴《しずく》が零《こぼ》れ、滲《にじ》んでいく。

――赤く染まっていく。

「雨了……！」

思考を停止していた私はそれで我に返り、声を上げた。

「……だ、誰か、誰か来て!!」

しかし返答はない。何度呼んでも誰も来ない。

ぶわっと身体中の毛穴が開いたかのように汗が出た。嫌な予感が私の呼吸を狂わせようとする。

寝ずの番がいるはずなのだ。宮女《きゅうじょ》だけでなく、そう大きくもない薫春殿にだって宦《かん》官《がん》がいるはずなのに、誰も答えない。雨了の護衛の反応もない。最悪の事態を考えてしまう。

静寂に自分の心臓の音がやけに大きく響く。

「う、雨了……ど、毒って」

狼狽《ろうばい》して弱りきった自分の声に気づき、私は気合を入れ直すべく両頬を叩いた。

(今、私がしっかりしないでどうするの!)

今まで何のために薬学を学んでいたというのだ。ただの暇つぶしのためではないはずだ。

私はぎゅっと拳を強く握り、雨了のすぐ側に寄った。

「雨了、吐ける？　ダメなら水を持ってくるから」

少しでも楽な姿勢を取らせようと雨了の肩に手を触れた。触れた着物越しにも発熱しているのが分かる。じっとりと汗ばみ、脈も異常なほど速い。私はそれらの症状からかつて読んだ薬学の項目を思い出そうと懸命に脳を回転させる。解毒薬の作り方だっていくつも読んだはずだ。何の毒なのか、まずその特定が必要だった。

「た、確か、龍は毒に強いはずよね、青妃が言ってた。ええと、飲んだ分量は一口だから──」

「いや、莉珠……これは、鴆毒《ちんどく》だ……」

「ち、鴆毒《ちんどく》って……！」

ついさっき、祖父の書き付けで見たばかりの龍すら死に至らしめる猛毒のことだ。鴆という毒鳥の羽根を使うというが、何故そんなものが後宮に──

「一口で、只人であれば……死に至らしめる、猛毒だ。莉珠、俺の血にも、触れては、ならぬ……」

本来であれば毒に強いはずの雨了の体を確実に蝕《むしば》んでいる。

「と、とりあえず、まずは吐き出さなきゃ」

だが、雨了は私を強く押し除《の》けた。

「そのようなこと、必要ない。それよりも、早く、逃げろ……莉珠！」

「ば、馬鹿なこと言わないで!!」

「莉珠よ……皇帝たる俺に毒を盛る、その意味が分からんわけなかろう。……これは、謀反《むほん》……だ。このままでは、そなたにまで累が及ぶ」

「だからって……！」

「行、け……」

私にもそれは分かっていた。だからと言って雨了を置いては行けない、と首を強く振った。

今は血を吐きながらもまだ息をしている。けれど雨了はたった一口の鴆毒《ちんどく》のせいで動けない様子だった。

そして、この薫春殿には恩永玉に金苑——他たくさんの宮女《きゅうじょ》も、ろくもいる。彼女たちの安否も知らぬまま、全てを放って自分だけ逃げることなど出来るはずがない。

それに、本当に謀反《むほん》であれば、この薫春殿は既に囲まれている可能性もある。そうであれば逃げ場など、もうどこにもない。その事実に、改めて心臓がサアッと冷たくなる心地がした。

雨了はそのまま力尽きたようにぐらりと傾《かし》ぐ。私は慌てて倒れないように支えたが、その瞼《まぶた》は硬く閉ざされてしまった。胸は動いているからまだ生きている。けれどあの青く光る瞳が見えないだけで、私は怖くて、体が震えて仕方がなかった。

それでも逃げるというなら、優先すべきは私ではなく皇帝である雨了の方だ。

――私は雨了を逃がさなければいけない。

(私がなんとかしなきゃ。どうすればいい？　まずは今はどんな状況なのか調べないと――)

「――まあ、運が良いのね、莉珠。お酒を飲まなかったなんて……」

焦る私の背中に、場違いなほど柔らかな声が掛けられた。

心臓がドクンと脈打つ。

「……朱華……」

振り返るまでもない。それは姉、朱華の声であった。

髪は短いが、いつも通りの綺麗な着物に化粧も施《ほどこ》した美しい姉のまま、うっすらと微笑んでいた。

朱華の隣には衛士《えじ》の格好をした男が立っている。しかし目を見る限り正気とは思えない。こちらを見ているわけではなく、焦点が合わない虚ろな目でただ呆然と突っ立っている。その姿は、朱家の父たちと同じように、薬か何かを盛られて操られているとしか思えなかった。

私は雨了を背後に庇《かば》い、朱華の方を見た。

背中に寄りかかる雨了のずっしりとした重みとその熱。絶対に私が守らなければならない。

「貴方はいつも私の邪魔をするのね、莉珠。その毒入りのお酒を飲んでしまっていれば、わけも分からない内に死んでしまえた。それが姉としての最後の慈悲だったのに……」

「朱華……ど、どうしてこんなことを……何をしでかしたか分かっているの⁉　皇帝に毒を盛るだなんて‼」

「……だって、莉珠が悪いんじゃないの」

朱華は私を睨《にら》みつけた。その瞳には激しい憎悪の色があった。

暗闇色の瞳。まるで淀《よど》みを塗り固めたような――

私はそれを見て一つの結論に達する。かつて朱華に憑《つ》いていた淀《よど》みは消えたのではない。彼女の内側に入り込み、同化してしまったのだと。そしてそのゾッとする暗闇色の瞳は、時折胡嬪にも感じていたものだった。

「全部全部、莉珠のせいよ。私、聞いたの。お父様もお母様もお前が殺したって。ねえ、朱家がそんなに憎《にく》かった？　二人を家畜のように閉じ込めて縄で繋いで、衰弱死させるだなんて！　何でそんなひどいことが出来るの！　どうしてそこまでするのよ！　ううん、もうずっと前からなのでしょう。朱家に火をつけたのも、使用人を唆《そそのか》したのも！　おかげで私は全てを失ったわ！　大事な、髪まで奪われて……」

朱華はボタボタと大粒の涙を零《こぼ》して慟哭《どうこく》し、短い己の髪に触れた。泣いているのに口元だけは笑うように歪《ゆが》んでいる。

「……朱華……？」

けれど、朱華の言ったことは間違っている。私は朱家に何もしていない。

「ま、待って。朱華は勘違いしてる。あの人たちも死んでなんかない！　ちゃんと保護して……！」

「嘘吐き！　ああ、胡嬪の言った通り……玉石様の仰《おっしゃ》る通りだわ。莉珠は嘘を吐《つ》いて胡嬪に罪をなすりつける気だから気を付けなさいって。もう騙《だま》されない。私はお前から全て奪われた。だから私もお前の全てを奪ってあげる」

玉石様、と朱華が呼ぶその名は初耳だった。けれど朱華は片手に持て余すほどの大きさの石を握っている。白っぽい翡翠《ひすい》の原石のような石。

「そ、それ……願い石⁉　どうして朱華がそんなの持っているの！」

願い石は鴸《しゅ》の羽根で焼かれたはずだ。

しかもその石から不意に黒い霧が出始め、朱華や傍《かたわ》らの男の口に吸われていく。朱華はそれを吸いながら、うっとりと恍惚《こうこつ》とした表情になっていく。

（あの黒霧……！　まだ無事な石があったなんて。それともまた移動した……？）

「ふふ、莉珠……殺してあげる。ああ、でも貴方は一番最後よ。愛しい男が死んで、妃《きさき》という立場も失って……何もかも失った貴方が絶望した顔を見てから、ゆーっくり殺してあげるわ」

『朱華、あまり遊んでいる暇はありません』

朱華の持つ石からそんな声が聞こえた。

どことなく聞き覚えのあるその声——間違いなく願い石の時に聞いた声だった。

不思議な声に感じるのは、二種類の声が混ざっているからだ。よくよく聞けば胡嬪の声にも、知らない女の声にも聞こえる。やはり胡嬪の仕業だったのだ。

『戸の外に女が隠れている。邪魔をされてはことだ。始末なさい』

「まあ……！　捕まえてきて」

朱華は傍《かたわ》らの男にそう命じ、男はギクシャクとした動きで戸を開け、そこにいた宮女《きゅうじょ》を部屋の中に引き摺《ず》り込んだ。

「きゃっ……！」

「恩永玉！」

男に乱暴に引っ張られ、よろめきながら入って来たのは恩永玉だった。足の力が抜けたように膝を突き、怪我でもしているのか左手から鮮血を滲《にじ》ませている。泣きそうな顔で震えながらも、涙を堪《こら》えて私を案じるように顔を上げて言った。

「……しゅ、朱妃……お逃げ、ください」

「まあ貴方は……確か、私の言うことに従わなかった娘ね……。どうして睡眠の香が効かなかったのかしら」

そう零《こぼ》した朱華の言葉から、宮女《きゅうじょ》や宦官《かんがん》は睡眠の香とやらで眠らされているのだろうと想像が付いた。そして、恩永玉がまだ起きているのは、私の着替えのため、他の宮女《きゅうじょ》と別行動をしていて香を吸うのが遅れたからなのだろう。

だが起きていると言っても、もう随分と朦朧《もうろう》としているようでふらついている。左手に怪我をしているのはその眠気を覚ますため、自ら傷をつけたのかもしれない。

朱華はクスクスと楽しそうに笑った。

「丁度いいわ。この娘から殺してあげる！　それにこの娘は私に背いた、私の敵だものね！」

「恩永玉！」

「しゅ、朱、妃……なりません……こちらに、きては」

私は毒を飲み意識が朦朧《もうろう》とした雨了を背中に庇《かば》っている。だから今は動けない。ただ恩永玉の名を呼ぶことしか出来ない。

「やりなさい」

朱華が命じ、操られた男はギクシャクとした動きのまま腰に下げた剣に手をかける。金属が擦《こす》れる嫌な音を立てて引き抜かれ、ギラリと鈍《にぶ》い光を反射した。

いやだ、駄目、止まって——いくらそう願っても、男の動きは止まらない。

何が妃《きさき》だ。愛妃だなんてずっと大切にされていたのに、雨了も恩永玉も助けられない。私はこんなにも無力だった。

男の剣が振り上げられ、恩永玉が身を固くして強く瞼《まぶた》を閉ざした、その瞬間——

黒い塊《かたまり》が矢のような勢いで部屋の中へと飛び込んできた。

「じゅううぅっ!!」

丸みを帯びた柔らかそうな体に六本の足。木製の扉が吹っ飛ぶほどの勢いで飛び込んで来たというのに、クルッとしなやかに着地した。そして着地の勢いで再度体を弾ませ、剣を振り上げた男の胴へと体当たりを喰《く》らわせたのだ。

「ろく!」

「ね、猫!? なんなの、どうして、猫がっ!」

朱華は顔を歪《ゆが》める。

男はろくの体当たりで、ろくもろとももんどり打ち、勢い良く倒れた。

操られているからなのか、受け身すら取らずに背中からバッタリと倒れ、手にしていた剣を取り落とした。

すぐに起き上がろうともがき始めるが、鎧《よろい》が重いのか、まるでひっくり返った虫のように手足をバタつかせることしか出来ない。表情が変わらぬものだから、一層虫のように無機質に見えて背筋が寒くなる。

「恩永玉、こっちに！」

私は背中に雨了を庇《かば》ったまま恩永玉に手を差し出した。

恩永玉は果敢にも、男の取り落とした剣を奪い、よろめきながらこちらへやってくる。ほんの数歩の距離を恩永玉はつんのめるように走る。しかし、辿《たど》り着く前に力尽きたようにその場にへたり込んだ。

「しゅ、朱妃、申し訳、ありません……あ、足が……言うことを聞かず……これ以上は……」

恩永玉の丸い頬に涙が伝《つた》う。華奢な肢体がガクガクと震えていた。先程まで殺されそうだったのだ、無理もない。それでも彼女は少しでも剣を遠ざけようとしてか、奪った剣の上に覆《おお》い被《かぶ》さるように座り込んだ。

私と朱華は同時に叫ぶ。

「もういいから！　動けるようになったら恩永玉だけでも逃げて！」

「もう、早く起き上がりなさい！　この愚図《ぐず》！」

朱華は倒れてもがく男をひとしきり罵《ののし》ると、石に向かって叫ぶ。

「駄目だわ、玉石様、この愚図《ぐず》使えない！　新しいのを呼んでくださいませ！」

『……守護獣か……小癪《こしゃく》な。であればこのような木偶《でく》など幾《いく》ら呼んでも無駄だ』

男よりも先に起き上がったろくは、次は朱華の方を向く。

「じゅうーっ！」

「いやっ！　こっちに来ないで！　汚い、あっちに行って！」

ろくはぶわりと黒い毛を逆立て、いつもの倍ほどの大きさに膨れあがっていた。長い尻尾もパンパンに膨れて箒《ほうき》のような形になっている。

「じゅううぅぅッ！」

「玉石様！　玉石様ぁ！　助けてえっ!!」

ろくは逃げようと身を翻《ひるがえ》す朱華に——いや、その手にある石に飛びかかった。

しかし石からバチリと緑の火花が散り、ろくは弾《はじ》かれて痛々しく地面に転がる。

「ぎゃんっ！」

ろくは悲痛な鳴き声を上げた。

「ろく！」

黒い艶々《つやつや》の毛が焦げたのか、プスプスと薄い煙が立ち昇っていた。満身創痍でよろよろとしながらも立ち上がり、再び石を目掛け六本の足で駆ける。

「ひっ、や、いやっ、来ないで！」

ろくは幾度も朱華に飛びかかり、その度《たび》に石から出る火花に弾《はじ》かれて転がった。

けれど朱華はそんなろくが恐ろしくてたまらないようで腰を抜かしてへたり込んでしまっていた。それでも決して石を手放《てばな》そうとはしない。

暗闇色の澱《よど》んだ瞳は、彼女が怯えを見せる度《たび》、僅《わず》かに元の色を取り戻していた。

まだ完全に人間性を失ったわけではないようだ。

ろくが石を狙うことから、あの禍々《まがまが》しい石こそが元凶であるのは間違いない。

あの石が人を唆《そそのか》すのは、きっと人を操らなければ、せいぜい黒霧を出すくらいしか出来ないからだろう。

（じゃあ、どうにかして手放《てばな》させればいい？）

かつては鴸《しゅ》が助けてくれたが、今はもう鴸《しゅ》は飛び立ってしまった。

――それなら、私がなんとかするしかない。

私は朱華に向かって声を張り上げた。

「ねえ、朱華聞いて。本当に父さんも朱華の母親だって、ちゃんと生きているの！」

「う、嘘よ！　だ、だって、胡嬪は死んだって――」

『そう、死んだわ。お前の妹が惨《むご》たらしく殺したの。可哀想にね』

「いいえ、よく考えて。胡嬪は朱家に見舞金を出したって言ってた。でも、もし私の命令で朱家が害されていたのなら、その時点で胡嬪には分かるはず。なのに何の手も打たなかったわけ？　しかもそのことを朱華にずっと黙ってるのだっておかしいじゃない！」

「え、あ……で、でも」

朱華は視線を彷徨《さまよ》わせた。僅《わず》かだが迷い始めたのだ。

「私の部屋の文箱《ふばこ》には、あの人たちを保護してくれた人からの手紙だってある。息はあるし治療するって、ちゃんと書いてあるから」

「そ、そんなのっ……信じられるはず……」

迷えば迷うほど、元の朱華が垣間《かいま》見える。

「まだあるわ。あの人たちは薬か何かで廃人同然にされていたって。でも、それって、そこで倒れてる男と同じだと思わない？　人を操ってそんなことが出来る石なのよ。危険だからその石を捨てて！　次は朱華がああなるかもしれない！」

朱華は石を恐ろしいものを見る目で見た後、激しく首を横に振った。

「でも……私、全部失って……もう、これしか！」

「いいえ、失ってなんかない。両親は生きてて、朱華の髪の毛だって、生きていればまた伸びる。朱華は何も失ってないのに、その石にそう思わされてるだけ！」

「わ、たし――」

『朱華、聞いてはなりませんよ』

私の呼びかけにぐらついているのか、朱華は私を否定し切れずに言葉を濁《にご》す。

「よく考えてみて。石はそうやって命令してるだけ。助けてなんてくれないの。胡嬪だって毒を盛るだなんて危険な犯罪を朱華一人に押し付けて、さっさと逃げてしまってるじゃない。朱華が失敗すれば切り捨てられて終わる。貴方だけが危ない橋を渡らされているなんて、おかしいでしょ！　なのにそんな人を信じるの？」

『そんなことはありませんよ。朱華。ワタシはアナタを助けてあげます』

「どうやってよ！　ただ安全な場所から言葉で唆《そそのか》してるだけじゃない！　よく聞いてみて。話し方は違うけれど、その声だって胡嬪に似てる。胡嬪が全部、その変な石を利用して周りを操っているのよ」

朱華はその言葉で、痙攣《けいれん》するように大きく震える。

涙がポタリと一粒落ちた。

それは淀《よど》みを含んだ黒い涙だった。

「それに、もし皇帝陛下も私のことも殺すことが出来たとして、それでその後はどうするつもり？　皇帝が死んでも新しい皇帝に代わるだけ。新皇帝だってそんなことをした人間をそのまま後宮に置いておくわけないのに。せっかく生きてた家族だって連座させられることになる。朱華が全てを失うって言うのなら、それはこれからってこと。でも、皇帝陛下はまだ生きてる。今なら間に合うかもしれないの！　だから、お願いよ！　その石を捨てて」

「でも……だって、私――」

私が呼びかけるごとに、朱華はポタリ、ポタリと黒い涙を零《こぼ》した。

涙と共に朱華の淀《よど》みきった瞳が少しずつ澄《す》んでいく。ごく普通の娘の瞳になっていく。

「……私、ずっと、怖かったの。だって莉珠はきっとすごく怒ってる。お母様のこと、憎《にく》いでしょ……お父様も、私のことも……。いつか報復される日がくる。……幸せになったら、その幸せごと全部、奪われてしまうから……その前に奪えって、この石が、そう言うの……」

「……だから、毒を盛るなんて、理不尽な命令をされても従ったのね」

「だって……そうしたら、何も考えずに済むから……」

朱華は、世間知らずで、我が儘で欲張りなところもあるし、根は父親に似て気が弱く、小心者で流されやすい。あるはずもない報復に怯えていたのも間違いない。きっと全て本当のことだろう。でも、根っからの悪人ではない。

現に朱華はこっそりとでも、私を義母の仕打ちから何度も助けてくれた。それが可哀想な妹を庇《かば》う優越感からだったとしても、確かに私への憐《あわ》れみも、そして罪悪感も、ずっと心の底にあったはずなのだ。

少し前、朱華に取り憑《つ》いていた大きな淀《よど》み。あれはそもそも、朱華に私への罪悪感や、報復への恐怖があったから取り憑《つ》かれたのではないだろうか。

それが今は消えているのは、彼女が救われたからじゃない。あの石のせいで淀《よど》みが肉体の内側にまで入り込んでいるからだ。胡嬪も、胡嬪の宮女《きゅうじょ》もあんなに様子がおかしかったのに淀《よど》みが憑《つ》いて見えないのは、きっとそのせいだ。

――石に操られ、体内を淀《よど》みに食い荒らされる。だから、囁《ささや》く石に返事をしたら死んでしまう。しかし、朱華はまだそこまで長い期間石にされているわけではないはずだ。今なら間に合うかもしれない。

「ねえ、朱華はさ、後悔してるんでしょう？　義母から私を守れなかったこと。そんなの良いよ、全部許すよ。朱華がこっそりくれた包子《パオズ》、美味しかったの、まだ覚えてるから！　だから、今まで助けられなかった分、今だけで良いから私を助けてよ！　――姉さん‼」

「り、じゅ――」

呆然とした朱華の手から力が抜け、ポロリと石が落ちて床に転がった。

『何をしている！　拾い上げなさい！　早く！』

朱華は慌てて拾おうとしたが、それよりもろくの方が早い。

「じゅううう っ！」

「あぁっ……！」

すかさず身を翻《ひるがえ》したろくが躍《おど》りかかる。朱華が手に持っていないからなのか、先程までの火花での抵抗はない。

『朱華ぁ――‼』

ろくの猛攻に、ビシッと音を立てて石に亀裂《きれつ》が入り、真っ二つに割れた。

割れた内部は真っ黒で、石の中身はまるで淀《よど》みを固めたかのようだった。そして、そこから剥離するかのように淀《よど》みが霧散していく。願い石と同様に石から透明度が失われて、ただの石ころになっていた。

それと同時に朱華は気を失いバッタリと倒れ、口から淀《よど》みの煙が外へと出ていく。傍《かたわ》らの衛士《えじ》の男も同様で、その虫のような動きを止めて静かに瞼《まぶた》を閉ざしていた。

「や、やった……ろく、ありが――」

ろくは六本の足でしっかりと地面を踏み締めて立っていた。

その緑色の瞳でこちらを見て、嬉しそうにじゅうと一声鳴き――パタンとその場に倒れた。

「ろく‼」

倒れ伏したろくの体はとても小さかった。あんな小さな体を張って果敢に戦ってくれたのだ。

すぐにでも駆け寄りたかった。けれど背中には雨了の熱がある。息もしている。けれどもその吐息すら熱い。先程よりも熱が上がって来ているようだった。こんな状況の雨了から手を離すことは出来ない。

（どうしよう……どうしたらいいの？）

「――大丈夫です。ろくは簡単に死んだりはしません。だって、妖《あやかし》ですもの」

気が付けば、いつのまにか倒れたろくの側に見慣れた宮女《きゅうじょ》が屈《かが》んでいた。ろくの背を、そっと優しい手付きで撫でている。

「朱華も、こちらの男性も息があります。恩永玉は少し朦朧《もうろう》としているようですが、香の火は消しました。効き目は少しずつ消えるはず。だから大丈夫ですよ、朱妃」

「お、汪蘭、なの……？」

自分の見ているものが信じられない。じわりと涙が浮かぶ。

「急に消えちゃって……もう二度と会えないのかと思ってた。どうして今まで返事をしてくれなかったの」

「……朱妃、申し訳ありません。ずっと……騙《だま》しておりました。もうお分かりでしょう。私はこの世のものではございません。このような妖《あやかし》の宮女《きゅうじょ》と知られてしまっては、もう朱妃に顔向け出来ないと……」

「ううん、そんなの、また会えただけで……」

そう言う私に汪蘭は悲しげに微笑む。

「……申し訳ありません朱妃。私のような力のない妖《あやかし》もどきがおそばにお仕えして……。ただおそばにいたいと、それだけで……。嘘を吐《つ》いているのがずっと心苦しく、糾弾されるのが恐ろしくて私は本当のことも言い出せず、この浅ましい本性を知られたと思って咄嗟《とっさ》に逃げてしまいました。何の申し開きもしようがございません……」

その顔も体も透《す》けていて、後ろの風景が見えていた。

「汪蘭！　透《す》けちゃってる！」

それは人ならざるもの——妖《あやかし》である事実を、言葉よりもまざまざと表していた。

「この通り、私は妖《あやかし》として不出来なのです。何の力もなく、ただ現世に留まっただけの幽鬼。あの恐ろしい石が近くにあるだけで実体化すら出来ず、いいえ……今も皇帝陛下の強い龍気により、このような恥ずかしい姿のままで……」

「あ、あの、朱妃……どなたと話されているのですか……？」

恩永玉だ。まだ香の効き目があるらしく、その場に座り込んだままぼんやりと聞いてくる。その瞳には汪蘭を映していない。キョロキョロと視線が素通りしている。そんな恩永玉に、汪蘭は困ったように眉を下げて笑う。それは本当に、見慣れたいつもの汪蘭の微笑みだった。

汪蘭が消えてしまってからというもの、何度呼びかけたことだろう。その度《たび》に返事がないのが悲しかった。私が何かしてしまったんじゃないかと、ずっと気が気じゃなかった。透《す》けている以外は、汪蘭の見ただけでホッとするような柔らかな雰囲気も、穏やかな微笑みも全てがいつも通りなのに、今はそんな時ではないのだ。

「無力な私では朱妃や雨了様の危機にも、お助けすることが出来ないのです」

「ううん、こんな時だけど、また会えて嬉しい。汪蘭が幽霊でも構わない。だから、もう急に消えたりなんかしないで、そばにいて」

しかし、汪蘭はいいえと首を横に振った。

「今は私などにかまけている場合ではありません。宮女《きゅうじょ》や宦官《かんがん》は眠っているだけで無事です。ですから、心配はいりません。どうか今は皇帝陛下をお救いすることだけをお考えください」

透《す》けたまま、汪蘭はきっぱりとそう言った。

「どうか、落ち着いて聞いてください。まだ数人のようですが薫春殿は既に囲まれております。あの者たちが侵入する前に陛下を連れてお逃げください。今、薫春殿でまともに動けるのは朱妃だけなのです！　無力な私にも出来ることがまだ一つだけございます。私はもう肉体がないので、もう一度死ぬことはありません。僅《わず》かな間、物に触れるくらいは出来ますから、わざと物音を立て、外の男たちを私の方に引きつけます。その隙に朱妃は雨了様を連れて薫春殿の外へ！」

「そんな、だって、それは――」

――私にとって、雨了以外の全ての人を置いていかなければならないということだった。

もし今この薫春殿に火でも付けられたら、睡眠の香で昏倒《こんとう》している宮女《きゅうじょ》たちは逃げられずに皆死んでしまうだろう。かと言って、意識のない宮女《きゅうじょ》を全員連れて行くのは不可能だ。一番症状の軽い恩永玉ですら、まだふらついて朦朧《もうろう》としている。走るどころかまだ歩くことさえ覚束《おぼつか》ないだろう。置いていくしか、ない。

ここでの選択には多くの命がかかっている。それはひどく恐ろしかった。自分の命だけでなく、大切な人たちの命全てが私の選択にかかっているのだから。

体が震えるのを止めることなど出来なかった。

「朱妃……貴方はお優しい方です。ですから朱妃の考えていることは良く分かります。ですが、今はどうか無事に逃げることだけを考えてくださいませ。とにかく後宮を出て、離宮の上皇陛下に助けを求めるのです」

「でも、汪蘭……！」

「あの……朱妃、一体、何が起きているのですか。良くは分かりませんが、あの不思議な石が割れたら朱華は倒れてしまうし。それに、そこに姿の見えないどなたかがいらっしゃるのでしょうか……？」

そう不安そうに言ったのは恩永玉であった。彼女には汪蘭の姿が見えず、声も聞こえない。だから状況が分かっていないのだ。それでも私が話しているせいか、誰かがいるとは感じるようだった。

そうだ、私は守らなきゃいけないんだ。この恩永玉も含めて。ぐずぐずしている暇なんてない。

「朱華も、その男も倒れた以上、もう大丈夫なのではないのですか？　すぐにも衛士《えじ》たちが来て、みんなを助けてくれるのでは――」

「……いいえ。恩永玉、どうか落ち着いて聞いて。薫春殿はもう囲まれてるんですって」

私は汪蘭から聞いたことを恩永玉にも伝えた。

恩永玉はすっかり顔色を失くしている。けれど、恐怖を堪《こら》えるように血の気《け》の引いた手をぎゅっと握りしめて言った。

「そのような……いくら暗闇に乗じてと言っても危険です！　それに、朱妃お一人で陛下をお運び出来るとは……」

私はコクンと頷《うなず》く。

「そうね、育ちの良い妃《きさき》なら到底無理よね。ううん、宮女《きゅうじょ》だってみんな良家の子女だもの、大の男を担《かつ》ぐのは無理でしょう。あっちもそう考えるはず。……だからこそ、まだ薫春殿に残っていると思われている内に逃げた方が良いのかもしれない！」

私は小柄だが、幼い頃から義母に荷運びをさせられてきた。胡嬪は知らないだろうが、並の女性の重さなら持ち上げられるくらい力持ちだ。雨了は人より大柄の男性だから担《かつ》ぎ上げるのは少し厳しいだろうが、それでも絶対に無理ではない。支えるだけなら十分に可能だ。

——無理ではないのなら、動ける私がやるしかない！

「それに、うりょ……陛下は猛毒に冒されてる。即死するほどの量ではなかったけど、一刻も早く解毒薬を飲ませる必要があるの」

「朱妃……」

「ねえ汪蘭、外に数人って言ったけど、詳細な人数は分かる？　それと、白い石を持っていそうな人はいた？　あの石が一つとは思えないもの」

宝物庫の囁《ささや》く石として、また願い石として、人を唆《そそのか》しては石の欠片《かけら》を持ち帰らせていた。あの白い石を持った人全てが操られているのかもしれない。

――もしかしたら、黒幕である胡嬪でさえも。そんな気がした。

「え、ええと……六人前後です。二人ずつ、正門前、裏門……それから南側の客間の大窓の付近におりました。石を持っているかは分かりませんが、正門前の男から嫌な気配があり、また他の者に指示をしているようでした」

やはり外に面した箇所には見張りがいる。

「そう、それじゃ隠し通路を使うわ。詳しくは言えないけど、中庭から外に抜けられるの。古井戸の方面に出るから」

「で、ですがそれですと、後宮の外に向かうには遠回りでは……上皇陛下の離宮への門は逆方向となってしまいます！」

「いいえ、そっちには行かない」

離宮に向かうには、後宮の端にある門から一旦外へ出るしかない。距離もかなりある。

「だってもし私たちが助けを求めて逃げるなら、真っ先に上皇陛下のところに行くって誰でも想像つくでしょう。最初からそちらにも人員を割いているか、そうじゃなくてもすぐに先回りされてしまうかもしれないわ」

「ですが……」

「そうやって出し抜くしかないのよ。私はちょっと力があるくらいで、戦えるわけではないわ。しかも陛下を抱えてでは武器を持った男の人から逃げるのは難しい。だから、そうやって騙《だま》して、なるべく遠ざけるの」

「朱妃……！　でしたら、どうか私も連れて行ってください！　何も出来ませんが朱妃の盾となるくらいなら……！」

恩永玉もまた恐ろしくて堪《たま》らないのだろう。震えながらも、健気《けなげ》に勇気を振り絞ってそう申し出てくれる。

だが私は首を横に振った。

「いいえ、恩永玉にはここに残ってほしい。恩永玉はもう少ししたら動けるようになるでしょう。朱華が起きた時、もしものことがないように縛っておいてほしいの。それからろくのこともお願い。金苑たちが目覚めたら取り乱さないように説明もしてほしいし、この薫春殿を守る人も必要なのよ」

「で、ですが……それでは朱妃が危険過ぎます！」

「お願い、今それが出来るのは恩永玉だけだから。もし外の男が侵入してきたら、逃げ場のないここの方が危険かもしれないわ。でも、私はこの薫春殿が大切だから……私の帰る場所を守っていて。まあ、最優先は自分の命でお願いするけど」

「……はい。朱妃がそうおっしゃるのでしたら……！」

恩永玉は眉を下げ、唇を戦慄《わなな》かせた。それでもしっかりと頷《うなず》いてくれた。

その真っ直《す》ぐな瞳は好ましい。私の大切な宮女《きゅうじょ》だ。

「それじゃあ次は汪蘭ね。汪蘭には裏から物音を立てて逃げてほしい。……ねえ、本当に死んだりなんかしないのよね？」

「ええ。もう一度死んだ身ですもの……再び死ぬことはありません……多分」

「多分とか怖いこと言わないで！　物は触れるの？」

「触ることも動かすことも出来ますが、実体化していないと無理です。今は体が薄れておりますからほんの少しであれば動かすことは可能です。ですが、姿を消せば、必然的に何も触れられなくなります」

なるほどそういうことであったらしい。確かに汪蘭は今までだって荷物を持ったり、ろくを抱っこしたりしていた。

「ただ、実体化していても私の姿を見ることが出来るかどうかは分かりません……。朱妃は特別なお方ですが、普通は見えないことが多く、ごく稀《まれ》に私の姿を見たり、感じたりする方がいる程度で……」

これも納得だ。私は昔から妖《あやかし》が見える体質であったが、恩永玉はそういう体質でないために汪蘭が見えない。

音だけより、姿が見えた方が陽動にはいいが、外の男に汪蘭が見えないなら囮《おとり》としてはあまり意味がない。

「うーん、ねえ恩永玉、厨《くりや》かどこかに荷車ってあるかしら。手押し車でもなんでも良いのだけど」

「えっ、ええと……確か庭の手入れ用のものが物入れにあるはずです」

「そう、じゃあ汪蘭はそれを押して裏口から出てちょうだい。頭から暗い色の布をかぶるの。荷車にも何か軽いものでいいから大きいものを載せて、陛下を運んでいる振りをするのよ。あんまり派手に物音を立てる必要はないわ。きっとあっちで勝手に気が付くわよ」

私は雨了を担《かつ》ぐことが出来るが、普通の妃《きさき》には到底無理だ。だからもし連れて逃げるのならば荷車か何かに乗せて運ぼうとすると判断するはず。

かつて体調不良で倒れた青妃を運んだ車輪の付いた寝台は、細腕の宮女《きゅうじょ》たちでも問題なく扱えていた。車輪の付いた荷車であれば女性でも人一人運ぶことも出来るかもと外の男に思わせる必要があるのだ。

「……それでも、汪蘭は無理しないで、適当に引き付けてくれたらそれでいいから。私、汪蘭がもう生きていない人だとしても、ここでお別れなんて絶対に嫌！　私は雨了を助けたいし、薫春殿もろくも宮女《きゅうじょ》たちもみんな無事でいてほしい。そのみんなの中に汪蘭だって含まれてるんだから……どうか私の我が儘を叶えてちょうだい！」

「は、はい！」

「はい……朱妃、かしこまりました」

私たちは目を合わせて頷《うなず》きあった。

恩永玉はふらつきながらも汪蘭と共に荷車や布を取りに行った。

「ええと……おうらん、さん？　こっちです」

恩永玉は汪蘭が見えないから見当違いの方に話しかけていたが、一方通行でもとりあえずの意思疎通は出来ているようだった。


「ねえ、雨了……少しでも動ける？」

私は雨了を抱え直して、自分の肩に雨了の腕を回した。だらりと力のない体はひどく熱い。けれど冷たいよりはまだ生きているという実感があった。

横から覗《のぞ》くと雨了の睫毛《まつげ》は長い。その長い睫毛《まつげ》が目の下に黒い影を落としていた。

本当ならこれほど密着するのは、胸がときめく行為であるはずだが、今はそれどころではない。……なのだけれど、私の心臓は勝手にその鼓動を速めていく。

(こんな時なのに。……でも私、やっぱり雨了を失いたくない！)

「莉珠……か……」

硬く閉ざされていた瞼《まぶた》がふるりと震えてゆっくりと開かれる。その黒い瞳が私を映すと、みるみるうちにさあっと青く染まっていく。

何度でも見惚《みと》れてしまうほど美しい雨了の龍の瞳。

思いの外しっかりとした視線だったので私は少しホッとする。

「良かった、意識が戻ったのね！」

「ああ……意識はなくとも声は聞こえていた。途中からだが……」

「あのね、立つのも辛いと思うけど私が支えるから、とにかくここから逃げましょう。どう、歩けそう？」

私は雨了が立ち上がりやすいように背中に手を回した。けれど雨了は立ち上がる様子もなく首を横に振る。

「……いいや、俺のことは置いて、そなただけでも逃げよ。離宮でもどこでも……俺の母か、さもなくば近衛である秋維成《しゅういせい》、宦官《かんがん》の凛勢《りんぜい》を頼れ。彼らなら莉珠を任せられる。先程の宮女《きゅうじょ》も囮《おとり》になどならなくてよい。囮《おとり》が必要であれば、この死にかけの俺こそがその役目を担《にな》うべきであろう」

「な、何言ってるの！　皇帝がそんなこと……！」

「皇帝の地位など、ただそこに生まれたから与えられただけだ。上皇たる母はまだ若い。互いに離れて顔を見ずに暮らしているのはどちらかが暗殺されても、もう片方が絶対に生きのびるためなのだ。今回のことは、俺の番が来ただけのこと。それに……もうこれ以上、俺を庇《かば》って大切な者を亡くしたくはないのだ。頼む……」

「……雨了……」

雨了の気持ちも分からないわけではない。

雨了はかつて乳母と宮女《きゅうじょ》を失った。従姉妹の青妃も大怪我で死にかけたほどなのに、自分だけ守られて軽傷で済んでしまった。

そしてまた今回も自分だけ守られて、周囲の人間が死んでしまうのが嫌なのだ。

私はきゅっと唇を引き結ぶ。

「……でも、それは私も同じだよ。私は雨了に死んでほしくない。失いたくないの。それに私だって死ぬ気はさらさらない。今は二人で逃げて、それで生きよう」

「莉珠……」

「それに、汪蘭なら大丈夫。ええと、なんていうか……人ではないのですって。幽霊……なのよね、多分。一度死んでいるから、もう死ぬことはないって。……それにちゃんと約束したもの。これでお別れになんかしないから」

「……おう、らん……と、言ったのか」

雨了の青い瞳が大きく見開かれる。呆然としたようにその唇が汪蘭、と動いた。

「え、う、うん。汪蘭という、かつては後宮で宮女《きゅうじょ》をしていた人みたいで……」

「汪蘭……宮女《きゅうじょ》の……」

「——ええ、雨了様。汪蘭にございます」

いつのまにか戻ってきたらしい汪蘭の声がした。

汪蘭は戸口のこちらから見えない位置に立っているようで、その姿は見えない。

「汪蘭、布と荷車はあったの？」

「はい、手押し車がございました。それに布団を巻いたものを載せて運びます。布は仕切りの垂れ布を使おうと剥《は》がしてまいりました」

「って、恩永玉は？」

「控えの間に倒れていた宮女《きゅうじょ》を介抱しております」

支えた雨了の腕がぶるぶると震えている。

「お、汪蘭……そなた、汪蘭なのか」

「ええ、雨了様。申し訳ありません。私は一度死んだ身。この世に取り残された影のようなものです。この身は雨了様の龍気のため、もう御前に出ることさえ出来ないのです」

汪蘭は戸口のところで薄い影を揺らめかせた。

「汪蘭。そなた……生きて——いや死んだのだったか。しかしその声は紛《まぎ》れもなく汪蘭だ」

「はい……雨了様のお姿、死して尚、遠くよりずっと見守っておりました。大きくなられて……」

「もしかして、汪蘭って……！」

あっと声を上げた私に、汪蘭がクスッと声だけで微笑んだのが伝わってくる。

「……はい。私は十年前、雨了様を庇《かば》って死んだ宮女《きゅうじょ》でございます。今まで黙っていて申し訳ありませんでした、朱妃。……私は雨了様の成長を遠くから眺めていられるだけで良かったのです。雨了様の愛妃たるお方に、私のような力ない幽鬼をまさか見ることが出来るなど思いもせず……」

そうだったのか。たしかに雨了という真名を呼ぶのは親しいごく一部の人間だけだ。

「ああ……汪蘭……俺のせいで……そなたの母まで……すまなかった」

雨了は力の入らない手をゆるゆると持ち上げる。その手は虚《むな》しく空を切り、パタリと落ちる。

「いいえ、私も私の母も、雨了様を庇《かば》って死んだことは後悔しておりません。ただ一つ、あるとすれば貴方様のお心を深く傷つけてしまったこと」

「いいや！　俺がもっと強ければそなたらをっ……！」

「そう仰《おっしゃ》るのでしたら、どうか立ってくださいませ、雨了様。そしてその足で逃げるのです。この薫春殿にはまだ昏倒《こんとう》したままの宮女《きゅうじょ》が多数おります。このままここにいれば炙《あぶ》り出そうといずれ火が放たれ、彼女たちは逃げることも出来ずに焼かれ死ぬことになりかねません。その前に、私を囮《おとり》にしてでも、薫春殿から出てしまうのです！」

「だ、だが……」

「それに、雨了様が逃げなければ、いかに逃げろと仰《おっしゃ》っても朱妃はお逃げにはなりません。か弱い女性に一人で逃げろなどと、殿方の仰《おっしゃ》ることではありませんよ。それに愛妃としてここに連れてきたのは貴方様でしょう。どうか、ご自分の愛妃を守るために行動をしてください。……私は大丈夫です。一度死んだ身ですもの。まさかもう一度、雨了様をお守り出来るなんて、思いもしませんでした」

「……汪蘭……そなたの檄《げき》を再び聞くことがあろうとはな……」

雨了の声は上擦《うわず》っている。でも、少し声に力が戻っていた。

「朱妃、私はもう参ります。私が出てから二百を数え、薫春殿から出てくださいませ。出来るだけこちらに引きつけますから。さあ、もう向かってくださいませ！」

「ん、汪蘭、ありがとう。雨了、行こう。それで、生きてまた汪蘭に会おうよ。ねえ、汪蘭は幽霊でも、また会えるでしょ？」

「ええ……約束いたします。私は雨了様と朱妃の御子を見るまでは、決して消えたりなどいたしません」

汪蘭のその言葉に今はそれどころではないのに、ぼっと頬が熱くなった。

私はそれを隠すようにさっと立ち上がり、少しふらつく雨了の重い体を支えた。

「——行こう!!」

汪蘭は既に黒い布をすっぽりと被《かぶ》り、私と雨了から少し距離を取っていた。雨了がこれほど弱っていても、汪蘭はその龍気がこたえるようだった。今まで雨了の来る夜には汪蘭がいなかったのも、きっとそのせいだったのだろう。

「……それでは。朱妃、雨了様、ご無事をお祈りいたします。……どうか振り返らず前を向いて進んでくださいましね」

「うん、汪蘭も、気をつけて。……じゃあ、行ってきます」

私は唇を引き結び、汪蘭に言われた通り決して振り返らなかった。

汪蘭の被《かぶ》った黒い布からわずかに覗《のぞ》いたその指は真っ白く——骨であったことも見ないふりをして、雨了を担《かつ》いで片側から支えた。

窓から中庭を窺《うかが》ったが、人の気配はなくシンと静まりかえっている。

開口部の広い窓は私が雨了を抱えたままでも何とか通れそうだった。

汪蘭と別れ、数を数える。私は暗闇に目を慣れさせるため片目を閉じた。

「——二百、と。行こう、雨了。ねえ、欄干《らんかん》越えられそう？　足は上がる？」

「ああ、大丈夫だ。人の気配は——うむ、多少距離があるな。行くぞ」

私はふらつく雨了の熱っぽい体を支えたまま、音を立てずにどうにか欄干《らんかん》を乗り越える。中庭に着地した時が一番緊張したが、下生《したば》えの柔らかな草が優しく私たちの足を受け止めてくれる。

「……おい、あっちに……」

遠くから僅《わず》かに人の声が聞こえ、思わずビクッと震えてしまう。おそらく裏口から出た汪蘭の方を追いかけているようだ。声が遠ざかって行く。

緊張と不安で胸が張り裂けそうだ。
それでも私たちは前に進むしかなかった。

第六章

中庭に降りて、数歩も進めば闇の中だった。

足元の木の根すら見えない私はずっと閉じていた片目を開ける。

ないよりはマシという程度だが、閉じていた分だけ暗闇に目が慣れている。それでも薫春殿を取り囲んでいた男たちはずっと暗い外にいただろうから、彼らはもっと闇に目が慣れていて、のろのろ進む私たちなどすぐに見つかってしまうかもしれない。

ただ、薫春殿の周囲には木々が多い。ぶつかりさえしなければ、木立《こだち》が私たちの姿も隠してくれるはずだ。

私は音の立つものを踏まないよう慎重に庭を歩き、茂みに隠された隠し通路の方へと進むのだった。

隠し通路から出てしばらく。

「……おっと」

ふらり、と足が縺《もつ》れるようによろめく。しかし弱り切った雨了を転ばせるわけにはいかないと、私は踏ん張って堪《こら》えた。

気がつけばハアハアと荒い息を隠せそうにもない。雨了ではなく、私の方がだ。

熱っぽい雨了の体を抱えているのもあり、雨了だけではなく私の方もすっかり汗ばんでいた。

私は少しだけ立ち止まり、空いた方の腕で額の汗をぐいっと拭《ぬぐ》った。

「……ごめん。妃《きさき》生活でずいぶん鈍《なま》ってたみたいね」

力は強い方だと思っていたが、体格体重共に私より上の雨了を支えながら長い間歩くのは、なかなかにしんどいものがあった。

「いや、俺こそ、すまぬ……そなたには苦労ばかりかけてしまう」

「たまには殊勝《しゅしょう》なこと言うじゃない。でも平気。私、逆境には強いの」

私は空元気でも笑ってみせた。

笑えるのならまだ大丈夫。そう自分に言い聞かせながら。

薫春殿から多少なりとも遠ざかったので、精神的には少し余裕が出てきた。

「なんにせよ、もうすぐ古井戸だから。着いたら少し休憩しましょう。あの井戸の水ってまだ飲めるのかしら」

出来れば雨了に口を濯《すす》がせたい。薫春殿の井戸水や水甕《みずがめ》にも毒が入れられている可能性を考えて、口には出来なかったのだ。

今は使われていないはずの古井戸だが、まだ水があるのは以前雨了と井戸越しに会話をするのに使っていたから知っている。だがそれが飲めるかは別問題だ。そういえば壁蝨があの井戸から出入りしていたのを思い出し、なんとも言えない気分になった。思わず眉をきゅっと寄せてしまう。龍といえども顔見知りのおじさんが着物ごと浸《つ》かった水だと思うと、害はなくてもあまり飲みたいものではない。

けれど背に腹は代えられない。雨了の体は刻一刻と重くなり、足も縺《もつ》れながらも何とか歩いているという状態であるのはとっくに気がついていた。雨了は平気なフリをして私と会話をしているけれど、今も毒がどんどん体を蝕《むしば》んでいる。

毒は飲んだ量が致死量じゃなかったから問題ない、という物ではない。なるべく早く吐き出した方がいいし、本当ならあまり動かさない方がいい。せめて雨了を少しでも休める場所へ連れて行くため、私はふらつく足を叱咤《しった》するように力を込めた。

生垣《いけがき》に囲まれた細い抜け道から出て、見知った小道を進む。やがて開けた場所に出た。古井戸のある広場に着いたのだ。

せっかくの井戸を見捨てるだけあって、周囲は人の手もろくに入らず荒れている。かつてあった建物の名残《なごり》らしき石積みと、ぼうぼうに生《は》えた草や木々がそのままになっていた。普通なら妃《きさき》どころか宮女《きゅうじょ》すら来ないような場所だ。ほんのひと時であれば休憩することも出来るだろう。

「円茘、ごめん。少しだけ休ませて」

古井戸の前にはいつものように円茘が立っていて、物言いたげな顔をしていた。

彼女は斬《き》られた己の首を抱えて佇《たたず》む妖《あやかし》だ。壁巍は彼女を井戸守と呼んでいたから、汪蘭のような幽霊ともまた違うのかもしれない。

円茘はうすらぼんやりと発光しているらしく、雲の合間から出てきた月の光も相まって、辺りの様子を窺《うかが》える程度には明るさがあった。

「ごめんなさい。今日は甘いもの何もないのよ」

私のその言葉に、円茘は眉を下げて胸のところに抱えた己の首をぶんぶんと左右に振った。甘味の催促《さいそく》ではなく、心配をしてくれたようだった。

「ふふ、ごめんってば。ありがとう、心配してくれるのね」

妖《あやかし》は人ではなくとも、心配してくれる優しい心がある者だっている。今は人の方がずっと恐ろしいから、余計にその心配してくれる気持ちが嬉しかった。

「そなたは……妖《あやかし》と話ができるのか……」

雨了は感心したように呟く。私は少しだけ首を傾《かし》げた。一方的なこれは会話と言えるのだろうか。

「うーん、この円茘は首が斬《き》られているし、会話が出来るわけではないのかな。でも、優しい妖《あやかし》なのは分かる。今も心配してくれているみたい」

円茘は愛嬌《あいきょう》のある笑顔を浮かべてうんうんと首を縦に振った。

「……俺にはそこにいるのは分かるのだが、ハッキリとした姿は見えん。……古井戸の妖殿《あやかし》よ、礼を欠いてすまぬが少し休ませていただく」

「へえ、そうだったんだ。ほら、雨了ここに座ってて」

私は言いながら雨了を少し高さのある石積みに座らせた。後ろにはそう太くはないが木の幹があったから背もたれにもなるはずだ。

月が出てきて、目も暗闇に慣れたこともあり雨了の顔が見える程度の視界はあった。

雨了は座った途端、それまで我慢していた苦痛のせいか、幹に背中を預けて目を閉じてしまっていた。やはり、もう限界だったらしい。滴《したた》るような汗が額を流れ、端整な顔立ちの目元が落ち窪《くぼ》んだように隈《くま》がくっきりと浮かんでいた。きっと毒が回っているせいなのだろう。

私は急いで古井戸へ向かう。

「ねえ、円茘、この水って飲めるかしら？　そういうの分かる？」

円茘は首を縦に振り、井戸の後ろ側へ回る。今まで気が付かなかったが釣瓶《つるべ》が備えつけてあった。縄に木桶《きおけ》が付いただけの簡素な物だが、水を汲《く》むことは出来そうだ。

釣瓶《つるべ》を落として水を汲《く》み上げる。縄も桶もそれなりに古びているが、水の重さにも縄が切れる気配はない。

私は汲《く》み上げた桶に鼻を近付けてくんくんと嗅《か》いでみた。特に生臭くもなく、普通の水のようだ。

「うん、これなら大丈夫そう」

それでも私が先に飲んでみて確かめた方がいいだろう。

直接桶に口を付けて飲もうとした私に、円茘が慌ててどこからか深皿を取り出して渡して来た。どことなく見覚えのある綺麗な深皿だと思ったのもそのはず。

「あ、これお供え用に使ってたお皿ね」

円茘はそうだと言うようにニコッと笑う。

円茘にはちょくちょく果物や甘い菓子を持って行っていたのだが、朱華との悶着《もんちゃく》があって以来、この古井戸の方に来ることは減らしていた。代わりに薫春殿の宮女《きゅうじょ》にお供えとして持って行くよう頼んでいたのだ。菓子を盛っていた皿だから汚くはないし、茶碗代わりにもなるだろう。

私は深皿に入れた水を一口飲んでみた。変な味もしないただの水だ。むしろ汗をかいたこともあり、ただの水が染《し》みるほど美味しい。深皿の水をごくごくと飲み干し、はあっと息を吐いた。

それから桶に汲《く》んだ水の残りで手巾《しゅきん》を水で濡らす。新しい水を汲《く》み直すと、ぐったりと座っている雨了のもとへ急いだ。

「雨了、飲めそう？　最初に口を濯《すす》いだ方がいいかも。あと吐けるなら吐いてしまって。無理なら私が指を突っ込んで吐かせてもいいけど……」

私はぐったりと木の幹に体を預ける雨了の背中に手を回して支え、乾いた唇に深皿をあてがう。

血を吐いていたから、きっと口の中は血の味がしていることだろう。

「あ、ああ。水か……。すまぬな。だが吐くくらいは自分で出来る。それより俺の吐いたものにも毒素が混じっているはずだ。そなたは絶対に触れるな」

雨了は自分で飲むとばかりに深皿を受け取る。その手は震えているが、支えようとすれば平気だと突っぱねられた。

なんて強がりなのかと思うけれど、雨了は皇帝だ。愛妃の私にも弱い部分はあまり見せたくないのかもしれない。

それに雨了を蝕《むしば》む鴆毒《ちんどく》は毒に強い龍の血を引く雨了にもこれほど効いているのだ。それも酒に混ぜて薄まったそのたった一口で。私であればひと舐《な》めで確実に死んでいただろう。雨了の吐いた血に触れるだけでも危険なのは確かなことだった。

「そうね。それから汗にも毒素が混じっているかも。顔だけでも少し拭《ふ》くわね」

何とか自力で吐き終えた雨了の顔と首を濡らした手巾《しゅきん》で拭《ふ》く。少しはすっきりしただろう。勿体無《もったいな》いが毒素が付いた手巾《しゅきん》は捨ててしまうしかないだろう。

「……俺のことばかりでなく、そなたもだ。毒で肌がかぶれてしまうかもしれんぞ」

「分かった。もっと水も汲《く》みたいし、ついでに手と顔を洗ってくる」

私は再度古井戸のところへ戻る。

水を汲《く》み、手と顔を洗うと冷たい水の感触に少し気分が落ち着いていく。

持っていた手巾《しゅきん》は使ってしまったので自然乾燥で乾かそうとプルプルと手と顔を振る。

ふとその仕草で、宮女《きゅうじょ》試験を受けた日の朝を思い出した。

義母が私のいない間に荷物を全て焼いてしまって、寝具すらない寒い板の間で寝た朝、空腹を紛《まぎ》らわせるように水を飲み、今のように濡れた手を振ったのだった。

思えば遠くに来たものだ。

あの時は今がどん底だと思ったものだけど、今とて相当のものだ。でも、まだ生きている。命さえあれば何とかなる。

あの時は自分以外守るべきものがなかった。けれど今は違う。雨了の命は私が守らなければ。

「……そう、これから上向きになるに決まってるんだから」

気が付けばそんな言葉が口から零《こぼ》れていた。

そしてその言葉に呼応するように、見下ろした古井戸の水面がゆらりと揺らめき、青い光を湛《たた》えていく。

「……綺麗」

辺りが暗闇なこともあり、青く輝く水面がとりわけ綺麗だった。

以前は雨了の宝鏡《ほうきょう》にこの古井戸が繋がって会話が出来た。だが雨了はこの場にいる。では何処《どこ》に繋がっているのだろうかと耳をすませば、ざあざあと水の音に混じって人の話す声が微《かす》かに聞こえた。

以前よりも遠い気のするその音に、私は耳を傾《かたむ》けた。

「――ワタシ、待ってたの。五年も待ったのに。ううん、助けてからなら十年。ずっと待ってたのに、どうして雨了様は来てくれないの？　どうしてワタシが愛妃じゃなかったの？」

井戸の水音に紛《まぎ》れ、そんな言葉が聞こえて私は耳を澄《す》ます。

その声は確かに聞き覚えがある。

朱華の持つあの白い石から聞こえてきた声。そして、話し方は違うが胡嬪の声に間違いない。

彼女はもう後宮の外のはずだ。しかし音だけではどこにいるのか見当も付かない。

「ずっとずっと待ってたのよ。なのに命の恩人のワタシをあんなところに閉じ込めて。雨了様はなんてひどい人、薄情な人！　……そう、だから、きっと罰《ばち》が当たったんだわ。ワタシはなんにも悪くない。そうよね」

「はい、その通りでございます」

その会話に、前に見た不思議な夢を朧気《おぼろげ》に思い出す。

十年前——怪我をして逃げる雨了を、居合わせた胡嬪は胡将軍に報告せず見逃《みのが》した。あれはただの夢ではなく、本当にあったことなのだろう。そして、いつか雨了がやって来る日を、胡嬪はずっと待ちわびていたのだ。人質として形だけの妃嬪《ひひん》ではなく、愛される妃《きさき》を夢見て。心優しい娘が王子を助け、そして幸せになるお伽《とぎ》話のように。

そんな少女の夢見る心を笑うことなんて出来ない。

「父様の罪は父様が償えば良いじゃない。ワタシは何もしてない。父様だって何もしないでいいっていつもいつも言ってたじゃない。ワタシは悪くないのに。父様に嘘を吐《つ》いてまで命を助けてあげたのに！　どうしてワタシはこんなことになったの⁉　どうしてワタシじゃなかったのよ！　どうしてワタシを愛してくれなかったの！　ねえ、雨了様……」

胡嬪の悲痛な声がこだまする。暴れているのか、何かが割れる音も。

胡嬪はいつもの無感情な話し方ではなくなっていた。感情が解き放たれ、溢《あふ》れ出した声。

――胡嬪も雨了が好きだったんだ。

石林殿の窓辺に赤い花が飾られていた。無事を祈るのに、片想いの相手なら赤い花を飾るお呪《まじな》い。

あの部屋は胡嬪の部屋。彼女の虚《むな》しい心を表すように、空っぽの冷えた部屋。

「……こうして哀れな籠《かご》の鳥。ああ、なんて可哀想なワタシ……」

「はい、その通りでございます」

そんな悲痛な声は、やがてあの白い石を通した毒々しい声――玉石の声になっていく。

「ずっと待ってたのに。ワタシ悪くないわよね。むしろ、ずっと閉じ込められて、可哀想でしょう？　だから、この鳥籠から飛び立つの。ねえ、素敵でしょう」

「はい、その通りでございます」

合いの手を入れているのは胡嬪付きの宮女《きゅうじょ》の誰かなのだろう。しかしその声は感情を削《そ》ぎ落としたように棒読みで、ただずっと同じ言葉を繰り返している。まるきり人間味がなく不気味だった。

「この五年、父様が素敵な色の鳥の剥製《はくせい》を贈ってくださるのだけが唯一の慰めで。一体ずつ増やして飾って……けれどその剥製《はくせい》に鴆毒《ちんどく》の羽根を挿《さ》して送り込んだのは兄様。そのせいで飼っていたかわいい小鳥たちが全部死んでしまった。いえ、兄なんかじゃないわ。あの人、ただの養子だもの。父様が大切なのはワタシだけ」

鴆毒《ちんどく》という言葉が聞こえて私はドキリとした。食い入るように聞き入りながら、井戸の端を掴む。

「兄様が実子のワタシを疎《うと》んで殺そうとしたのだし、羽根にいたっては、あの愚かな朱華が、捨てたのを勝手に探し出して使っただけ、よね？」

「はい、その通りでございます」

「ほら、ワタシは何もしていない。皇帝を毒殺しろだなんて言っていない。全てアレが妹憎《にく》しでやっただけのこと。それならむしろワタシは巻き込まれただけの可哀想な被害者でしょう、ねえ？」

「はい、その通りでございます」

クスクス、と可笑《おか》しそうに笑う声は一人分。

胡嬪だけが笑っていた。胡嬪の宮女《きゅうじょ》は平坦な声で同じ返事を繰り返すだけの傀儡《くぐつ》人形だ。きっと、朱華と一緒にいた衛士《えじ》と同じように操られている。一人で楽しそうに自己弁護しながら、人形と話す胡嬪が悍《おぞ》ましく、寒気まで感じる。

「ええ、そう。ワタシは悪くない。ワタシには罪などない。けれど、こうして帰るところのなくなってしまったワタシを哀れんで、玉石様が助けてくださるの。素敵なお屋敷を与えてくださった。次は遠い異国の地で、妃《きさき》として迎えてくださるのよ。今度こそ愛される妃《きさき》になれるの」

「はい、その通りでございます」

「ああ……ようやくワタシの人生を取り戻せる！　ワタシに本来与えられるべきだったもの。それをもう一度玉石様が与えてくださった……！　たくさん愛してもらうの。父様に褒めてもらうのよ。立派な妃《きさき》になって、ワタシを不美人って言ったアイツも、地味だって笑ったアイツも、みんなみんな、見返してやるんだから！」

胡嬪は地味に目立たぬよう、息を潜《ひそ》めて過ごしていたが、その裏で何年もかけて少しずつ積み重ねていったのだ。周囲や雨了への不満に恨み、そして、策も。

胡嬪が朱華を伴《ともな》って薫春殿にやって来たのだって、おそらく朱華に厨《くりや》の位置を把握させるためだったのだろう。朱華が容易に毒を混入させられるように。

きっと胡嬪は本当に直接的な言葉で命じたりしない。少しずつ水を向けるだけなのだ。周囲の人間は胡嬪の思うままに操られながらも、自分の意思だと思い込まされている。彼らは騙《だま》されていることにも気が付いていない。

そしてそれがあの妖《あやかし》の石の力でもある。おそらく当の胡嬪本人すら、自分が石に操られていると気付いていない。それこそが石の呪い——本当の石の毒。

「ああ……玉石様……玉石様……全て、全てアナタ様の言う通りにしました。ワタシに力を与えてくれた愛しい宝玉のお方……」

胡嬪の声が恍惚《こうこつ》とし、じっとりと色香に染まっていく。

「だから早く、壊れちゃえ。全部壊れてしまえ……雨了様……雨了、龍の子……ふふ、あはは……あはははははは！」

胡嬪は支離滅裂に笑ったり泣いたり、怒ったりを繰り返している。情緒不安定な胡嬪の心そのままに。――彼女もまた、玉石の毒に侵されてしまっている一人だった。

私は情報を聞き逃さないよう、井戸に身を乗り出した。水の音に紛《まぎ》れて聞き取りにくい。そのせいでほんの少しばかり、周囲への注意が疎《おろそ》かになっていた。

井戸に身を乗り出していた私は、首根っこをぐいっと強く引かれて姿勢を崩し、尻餅をついた。

「うぐっ⁉」

井戸にばかり注意を払っていたこともあり、突然のことに一瞬何が起こったのか分からず目をパチクリとした後、状況に気が付いてどっと冷や汗が出た。

「……おっと危ない。井戸に飛び込もうとした女を一人確保しました」

「うむ、それは僥倖《ぎょうこう》」

それは知らない男たちの声であった。どことなく甲高《かんだか》い声や喋り方から察するに、衛士《えじ》ではなく宦官《かんがん》かもしれない。だが少なくとも薫春殿の宦官《かんがん》の声ではない。ブルッと震えるのを止められなかった。

「宮女《きゅうじょ》にしちゃ上質の着物を着てますね。件《くだん》の愛妃か、朱華かもしれません。知ってる顔ですか」

「こう暗くっちゃ、女の顔なんざ見えんよ。灯《あか》りをつけなさい」

「……分かりました。ちょっと捕まえといてください」

別の男に交代したようで、後ろから強く引っ張られて着物の襟《えり》が首に食い込み息が詰まる。だがそれだけではない苦しさを感じていた。喉の奥が固まったかのように息が苦しい。

――見つかってしまった。

私が古井戸で胡嬪の声を聞いて気を逸《そ》らしていた隙に、こんなに近くまで来ていたのだ。

失敗した。毒で動けない雨了を抱えている以上、情報を得るよりも逃げることを優先するべきだったのだ。

私がちゃんとしていなかったから、気が付けなかった。

(ど、どうしよう……逃げなきゃ。……逃げられる？　どうやって？)

さあっと血の気《け》が引いていく。胸の鼓動が激しいのと裏腹に指の先は冷たい。

幸い、周囲が暗いのもあり、少し離れた場所に座り込んでいる雨了にはまだ気付かれていない。もしかすると雨了も毒と疲労で意識を失い、今のこの状況に気が付いていないのかもしれない。

私は今すぐこの男たちを振り払って雨了を抱えて逃げるか、それが無理でも、せめて男たちを遠くへ引きつけて雨了を逃がさなくては。

逃げてと叫べば、逆に近くに潜《ひそ》んでいることがバレてしまうから駄目だ。雨了に一人で逃げてほしかったが、優し過ぎる雨了に私を見捨てろというのはきっと無理な相談だ。

幸いというべきか、男たちは私が井戸に身を投げようとしていたと勘違いしているようだった。育ちの良い、儚《はかな》げな妃《きさき》だとでも思っているのかもしれない。手荒にされることはなく、ただ腕を引っ張り上げるように立たされ、背後から肩を押さえられているだけだった。

宦官《かんがん》であれば衛士《えじ》のような屈強な肉体は持っていないはず。そうであれば私でも振り払って逃げられるかもしれない。

私は油断させるため、抵抗もせずに泣いているふりをして袖《そで》で顔を覆《おお》った。

「あーあ、泣いちゃいましたよ」

「勝手に泣かせておきなさい。それより灯《あか》りはまだなのか？」

「はいはい……今やってますよ」

人数は声と影から二人。どちらの男も体格はそう大柄ではない。でも他にも潜《ひそ》んでいるかもしれない。まだ油断は出来ない。

私が大人しい小娘だと侮《あなど》っているようで、肩を掴んで逃げられないようにしているのは一人だけだ。もう一人の男は手にした玻璃《はり》の覆《おお》いが付いた手持ち燭台に火を灯《とも》そうとしている。

灯《あか》りはまずい。闇に紛《まぎ》れた雨了がすぐに見つかってしまう。

緊張で体が震えるのを止められない。足がガクガクと震えていた。これは演技ではなかったが、私の態度を男たちは不審に思わなかったようだ。

「まさかこんなところまで逃げているとは。見張ってた奴らは何をしているんだ」

「さあて。皇帝が毒を飲んだのは確実みたいですが、こんな行き止まりの何もないとこまで逃げますかねえ。まさか皇帝も井戸に身を投げてなきゃいいんですが。井戸浚《さら》いなんてごめんですよ。そら、火がつきますよ」

カチカチと火を熾《おこ》し、ボッと小さく火が灯《とも》る。私は目を光にやられないように、強く目を瞑《つむ》る。そのまま、肩を掴んでいる男に渾身《こんしん》の力で体当たりをした。

「うわあッ⁉」

油断していたらしい宦官《かんがん》は簡単にひっくり返り、背中から倒れた。ドタッと派手に体を打ち付ける音がした。

「ど、どうしました⁉」

もう一方の宦官《かんがん》の狼狽《うろた》える声と共に、ついたばかりの強い灯《あか》りが揺れる。この暗闇の中では、目を閉じていても瞼《まぶた》を通して灯《あか》りのある方向くらい感じ取れる。

私は返す手で男の持つ燭台を目を閉じたまま払い落とす。ガシャンと玻璃《はり》が儚《はかな》く割れる音とともに古井戸の広場に再び暗闇が戻ってきた。

（やった……！）

もし私が逃げおおせるならば、それは暗闇に乗じるしかない。

目を閉じていた私と違い、宦官《かんがん》たちは一度つけた灯《あか》りのせいで、目が慣れるまでしばらくは何も見えないはずだ。

燭台の玻璃《はり》の覆《おお》いは風から火を守るための物。火の熱には強いが、代わりに衝撃には滅法《めっぽう》弱いのを知っていた。叩き落として割れた拍子に火も掻《か》き消えてしまえば、辺りは再び真っ暗闇だ。目が暗闇に慣れている私の方が逃げるのが早いはず。

私はこの隙にと、雨了のいる方へ駆け出した。

だが数歩も行かないうちに背中に激しい衝撃を受けて、つんのめるように崩れて地面に膝を突いた。それでも衝撃を殺せずにゴロゴロと転がる。

「くっ!」

男の内のどちらかが振り回した腕に背中をしたたかに殴られたらしい。息が一瞬詰まるほどの衝撃であったが、私はがむしゃらに跳《は》ね起きる。

立ち上がれば膝だけでなく、転がった時に頭を庇《かば》った肘にも擦《こす》れた痛みが走った。だが背中の痛みも擦《こす》れた痛みも些細なものだ。骨が折れた感じでもない。痛みに躊躇するよりも今は逃げなければ。

「クソッ!　この女、よくもっ!」

だが再び走り出す前に、不意に髪を掴まれた。そのままグイッと後ろに強く引っ張られる。

「痛っ……!!」

髪を強く引っ張られ、ガクンと顎《あご》が仰《の》け反《ぞ》る。ぶちぶちと髪の千切《ちぎ》れる音がした。

涙が出るくらい痛い。

けれどそんな痛みよりも逃亡失敗への絶望感の方がよほど大きかった。心臓が嫌な音を立てる。血の気《け》が引いて手足は冷たいのに、冷や汗が止まらない。

また捕まってしまったのだ。

「おい、捕まえたぞ！　まったく手間をかけさせてくれる！」

「ど、どうします。連れて行きますか」

「……いや、急いで誰か連れてきておくれ。人数がいた方がいい。このはねっかえりはおそらく皇帝の愛妃だ。こんな真似がお嬢さん育ちの宮女《きゅうじょ》どもに出来てたまるか。……ということはだ。皇帝もこの辺りに潜《ひそ》んでいる可能性が高い」

「は、はい」

「道に迷ったのか知らないが、こんなどん詰まりじゃもう逃げられない。こっちは愛妃を人質に取ってるんだ。もう観念するんだな……」

言葉の後半は隠れている雨了に言い聞かせるつもりなのか男はそう言った。

増援を呼ばれるのは一番まずい展開だった。男の言う通り、この古井戸の広場は袋小路になっている。出口を塞《ふさ》がれた状態で多人数から逃げ出すのはまず不可能だ。

「は、離して！」

私は焦った心持ちで、男から逃げ出すためにもがいた。多少髪が抜けたって構わない。がむしゃらに手や足を振り回し、男の脛《すね》を蹴飛ばす。けれどもう油断をしていない男は手を緩めることはない。

「クソッ、痛いじゃないか！」

脛《すね》を蹴飛ばしたお返しのつもりなのか、平手でバシッと頬を叩かれ、ジンと熱い痛みが遅れてやってくる。鉄臭い味が口の中に広がった。

だが、それが何さと私は男を睨《にら》みつけた。

かつて朱家に暮らしていた頃は義母に叩かれるくらい何度もあったのだ。容赦なく棒で叩かれたことだってある。それに比べれば人を殴り慣れていない人間の平手打ちなど、大した痛みではない。

「殴るなら殴りなさいよ！」

「生意気な小娘め！」

平手打ちに怯《ひる》まず暴れる私に苛立ったのか、男は更に強く髪をギリッと引っ張った。

正直叩かれるより、こちらの方がよっぽど痛い。

「もっと痛い目にあわせて、その生意気な口をきけなくさせてやろうか！」

「……ち、ちょっと、殺さないでくださいよ。まだ使い道があるって玉石様が仰《おっしゃ》っていたじゃないですか」

「チッ。分かっている！　さっさと行け！」

「はいはい……まったく」

もう一人の男がそうぼやきながら去ろうとしたその瞬間。

さあっと風が吹き抜けた。こんな時なのに私にとっては芳《かぐわ》しく、そして心地よい風であることに、私はハッとして顔を上げた。

「……莉《し》珠」

湿気を孕《はら》んだ風に紛《まぎ》れた雨了の呟き。

「雨了……！　駄目、逃げて！」

「動くんじゃない！　お前もだ！」

そう叫んだ私の首元に男の腕が巻きつき、ぐっと締められる。気管が押しつぶされ、呼吸もままならない。

「う、動けば愛妃を絞《し》め殺す。お、脅《おど》しではないからな！」

「……う、りょ……」

ただでさえ暗い視界がますます暗く狭まっていく。まるで世界が遠ざかるように音も聞こえなくなり、キーン、と耳鳴りがしていた。

苦しい。ほんの僅《わず》か呼吸が出来ないだけで、頭が膨張して破裂しそうなほど苦しかった。

せめて雨了だけでも逃げてほしい。今なら汪蘭たちの気持ちが痛いほど分かる。雨了はこの迦国《かのくに》全てを背負っている。代わりのない人間なのだ。

けれどどんな状態でも雨了は決して一人では逃げない。それはただ雨了が優しいからだけではない。皇帝の血筋に生まれた者としての、誇り高さゆえだということに私はこの時ようやく気が付いた。

霞《かす》んだ視界に、月の光を浴びて雨了がしっかりと背を伸ばして立っているのが見えた。鴆毒《ちんどく》であれほど弱っていたのがまるで嘘みたいなほど凛々《りり》しかった。

その青い瞳は反射ではなく、暗闇でもはっきりと分かるほどに爛々《らんらん》と光っている。

「ヒッ……こ、皇帝陛下……」

私の首を絞めている男は驚いたのか、それとも恐れたのか、僅《わず》かに腕の力を緩め、私の肺に待ち望んだ空気が入って来た。ひゅうっと喉を鳴らして慌てて空気を吸う。慌てすぎて上手く呼吸が出来ずに私はゴホゴホッと何度か咳をしてようやく楽になる。

しかし腕の力が緩んだと言っても逃げられるほどではない。けれど呼吸が出来るようになったことで視界は澄《す》み、私は雨了を真っ直《す》ぐに見ることが出来た。

強い覇気《はき》を感じる龍の眼差し。

雲間から出た月の光に照らされた雨了のその姿は、紛《まぎ》れもなく皇帝としての威厳に溢《あふ》れていた。

乱れた着物に長い黒髪を垂《た》らしただけの姿にもかかわらず、朝廷で着飾り、冕冠《べんかん》を被《かぶ》った姿となんら変わらず、思わず平伏してしまいそうなほど。これが龍気なのだろうか。

それは彼らにも通じたのだろう。思わずといった様子で、私を捕まえている男がじりっと一歩下がる。

仲間を呼んでくるはずの男も、蛇に睨《にら》まれた蛙《かえる》のようにその場から動けずにいる。

「貴様ら……我が妃《きさき》に触れるとは、何事だ」

「ひいっ……」

「その手を離せと言っているのが分からぬか」

雨了は一歩こちらへ足を踏み出す。

それに呼応して、私を捕らえている男の手が痙攣《けいれん》のように激しく震えた。

その青く光る瞳が私の方を向く。この暗闇でどれだけ見えているのか分からないけれど、目が大きく見開かれた。よりいっそう強い光が放たれる。

「まさか……貴様……我が妃《きさき》に……莉珠に、手を、上げたのかっ……！」

「あ……、う、動くな……こ、この女が……っ！」

男は完全に雨了に気圧《けお》されていた。裏返った声で私を盾にするかのように前に押し出したが、まともに呂律《ろれつ》が回らないほど震えていた。

「この、痴《し》れ者があッ！」

——瞬間。雨了が咆哮《ほうこう》するかのように大声を張り上げた。

ビリビリと全身に響き、震わせるような怒声と共に、びゅうっと激しい風が吹き抜ける。

私はその強い風に思わず目を瞑《つむ》り、腕で顔を覆《おお》った。そして気がつく。私を捕らえていた男の腕から解放されていた。

驚いて振り返れば男は二人とも腰を抜かしたように座り込んでいる。

その体はガクガクと震え、完全に戦意を喪失している様子だ。いや、目の焦点が合っているかも怪しい。私は彼らが正気を取り戻す前に雨了のもとへと駆け寄った。腕で締められていた首元がまだ少し苦しい気がしていたが、体の痛みは然程《さほど》でもない。動ける限り、逃げ続けるしかない。

「雨了……！」

張り詰めていた雨了の体がぐらりと傾いた。

私は飛びつくように雨了のもとへ走り寄り、半《なか》ば倒れかかった雨了の胸の辺りを頭で支えた。

「おお、すまぬ……」

何とか雨了を転ばさせずに持ち直した。そのまま寄りかからせて、また片側から半身を支える。体重のかけ具合から、もうやっとのことで立っているといった感じだ。

「な、何やってるのよ！」

思わず出た私の声は上擦《うわず》って、まるで泣いているみたいな声になっていた。

「なんであんな無茶なことするの⁉」

「莉珠こそなんだ。あんな男に易々《やすやす》と捕まりおって……！　他の男に体を触らせるなど俺の愛妃である自覚はあるのか」

そんな見当違いのことを言う雨了がおかしくて、目の中の水の膜も少しだけ乾く。

「え、でも、宦官《かんがん》だったと思うんだけど」

「そういう問題ではない！　……まあいい、さっさと逃げるぞ。俺のことは置いていけ、と言いたいところだが、莉珠は一人では逃げられまい」

「……うん。私一人じゃ逃げられない。雨了と一緒じゃなきゃ、嫌だから」

「ああ……全く仕方ないな……」

雨了はちょっとだけ優しい声で、私の頭をくしゃくしゃと撫でる。

──そんな優しい声を出されたら、また泣きそうになってしまうのに。

「髪は痛まないか？　引っ張られていただろう」

「あ、あれくらい全然平気。私は髪の毛も強いんだから」

強がって、そんなかわいくない憎《にく》まれ口を叩いている間にも、支えた雨了の体はどんどん冷たくなっていた。もう熱すら出せないほどに体が弱っている。捕まった私を助けるために体の力を無理やりに振り絞ったのだ。半端にしか扱えない、その身には強大すぎる龍の力を使ったことで、雨了は急速に弱り始めていた。

　歩いているつもりでも、もうろくに脚が動いていないのも気が付いていた。だんだんと支える私の肩に雨了の体重がかかってくる。それは捕まっていた時よりもずっと恐ろしくてならなかった。

　じわりと視界が滲《にじ》むが、ぎゅっと目を閉じて涙が零《こぼ》れないように堪《こら》える。

「……逃げよう、雨了。青妃のところに行けば解毒が出来る。あそこには犀角《さいかく》があるの。鴆毒《ちんどく》の解毒薬の材料になるのよ。青薔宮までたどり着ければ、絶対に助かるから！」

「ああ……」

　私は雨了にというよりも、自分に言い聞かせるようにそれを言った。

　祖父が残してくれた書き付けにあった、鴆毒《ちんどく》の解毒薬。今はそれだけが細い希望の糸だった。雨了の体力も、もう間もなく尽きようとしている。解毒するにも毒を飲んでから時間が経ってしまったし、これほど弱っていてどれだけ効き目があるかは分からない。それに、ここから青妃の住まう青薔宮まではまだかなりの距離がある。けれど、私たちはもうそこを目指すしかない。

　何度堪《こら》えても滲《にじ》んでしまう私の視界に仄《ほの》かに光るものが近付いてくる。私はぱちぱちと目を瞬《しばた》かせ、見えたものにホッと息を吐いた。

「え、円茘。良かった、無事だったのね。またあの男たちの仲間が来るかもしれないから、隠れて——」

ぼんやりと光る円茘は、そのかわいらしい顔を泣きそうに歪《ゆが》めながら横に振った。

その唇は何か言いたいようにパクパクと開いたり閉じたりしている。

「えと、ごめん、分からない……ううん、何か伝えたいことがあるのよね」

円茘はゆっくりと首を縦に振る。

「唇の動きを読んでみるから、出来るだけゆっくり、簡単な言葉で教えてくれる？」

私の言葉にパァッと嬉しそうに笑い、円茘は己が首をブンブンと縦に振った。

「……古井戸の妖殿《あやかし》か。何と……？」

「何か伝えたいことがあるみたい。少しだけ待っていて」

私は雨了を支えたまま、円茘の動く唇を注視した。

「ぬける……みち、ある、ひらく……？　抜け道があるってことでいい？　ここから表沿《ぞ》いの道を通らないでも行けるってこと？」

私がそう問えば、円茘は首を縦に振って、それからほっそりと嫋《たお》やかな指を動かして広場の行き止まりの方を指し示した。

そこは私にも覚えがある。以前も円茘が指差したことのある、放置されて伸びきった生垣《いけがき》があった場所だった。

あの頃には香り高く咲いていた茉莉花《まつりか》の小さな花弁はもう落ちてしまっていたが、相変わらず四方八方に伸びた生垣《いけがき》が行く手を阻んでいる。

「本当にここに抜け道があるの？」

どう見ても行き止まりのようにしか見えない。

しかし円茘はニッコリと笑う。

また唇を開くので、その動きを追った。

「みち、ひらく……ええと、円茘が道を開いてくれるってことかな」

円茘はまた首を縦に振る。

「妖《あやかし》の力を使うってことなのかしら。ねえ、私青薔宮の方に行きたいんだけど、その方向に道を開くってことは出来る？」

円茘は満面の笑みでニコニコとしながら拳で胸の下辺りをポンと叩いた。首を抱えているから分かりにくいが、出来るから任せてという意味なのだろう。

「……分かった。お願い、円茘。私たちに力を貸して」

円茘は再度首を縦に動かして、己が首を抱え直した。行き止まりの方を向き、開けと念じているかのように目を閉じている。

円茘の丸い額に、光る何かがじわじわと浮かび上がってくる。

額の中央に縦の線が浮かび、そしてゆっくりとそれが開いて行く。すぐに縦にした目の形であることに気が付いた。

額に浮かぶ第三の目。それがカッと大きく開き、赤い光を放った。

行き止まりの生垣《いけがき》がゆらゆらと蠢《うごめ》き始める。まるで布などの柔らかい素材になったかのような不思議な動きだった。

「道が……」

「うん……すごい……」

私と雨了はその光景に呆気に取られる。

そのままゆらゆら蠢《うごめ》きながら左右に生垣《いけがき》が分かたれて私と雨了が通れそうなくらいの道が出来ていた。道の先はまるで蜃気楼《しんきろう》のようにゆらゆらと霞《かす》んでいてよく見えない。

円茘はその道を指差した。

その唇は「行って」と言うように動いていた。私は円茘に頷《うなず》く。

「分かった。行くわね。円茘、ありがとう！　無事にまた会えたら、その時はまた茘《れい》枝《し》を持ってくるから、一緒に食べましょう」

「感謝する。茘枝《れいし》が好きなのか。であれば次からはそなたの分も茘枝《れいし》を用意させよう」

円茘は本当に嬉しそうに、ニッコリとかわいらしい笑みを浮かべた。

額の目はそのままに、その場で私にひらひらと長い袖《そで》を振る。きっと円茘は井戸守という存在ゆえにここから離れられないのだろう。

私は円茘に感謝をして、雨了を支えながら円茘が開いてくれた抜け道へと歩を進めた。

その道は何だか不思議な道だった。枝は勝手に避けてくれるし、足元にあるはずの砂礫《されき》の感触もない。ふわふわとしていて、まるで柔らかい布の上を歩いているかのようだ。そのせいか雨了の弱った足でも歩きやすいらしく、歩行が少し楽になっているようだった。

振り返れば円茘の姿はどんどん遠ざかり、生垣《いけがき》が捩《よじ》れながら元のように戻って行く。

私たちが通った後は道は閉じてしまうらしい。私たちはもう前に進むことしか出来ないのだ。

私は前に向き直って傍《かたわ》らの雨了を見上げた。

何とか歩けてはいるが、唇は薄く開いて息が荒い。視線もどこかぼんやりとしている。瞳も今は暗い藍色をして、あの鮮やかな青の光はない。抱えた体は私の熱を移しても、どんどん冷たくなる一方だった。

先程よりもいっそう悪くなっている。

私はきゅっと唇を噛み、それから口を開いた。

「ねえ、雨了。私、結構力持ちでしょう」

声が震えてしまわないよう、少しでも元気に聞こえるよう、努《つと》めて明るい声を出した。

多分、次に意識を失ったらもう持ち直せないだろう。雨了の命の灯火《ともしび》はいつ掻《か》き消えても、もうおかしくはなかった。

それに、背の高い雨了は、いくら力があっても私では足が付いてしまうから担《かつ》いで運べない。だからせめて意識を保《たも》っていられるよう、遅くても、少しずつでも自力で歩けるように、呼びかけ続けるしかなかった。

「私ね、朱の家にいた頃は力仕事は全部私の仕事でね、重いものを頻繁《ひんぱん》に買いに行かされていたんだ。薪《まき》とか酒とか、米や小麦もね。籠《かご》の背負子《しょいこ》に芋をたくさん、なんてのもあってさ……お下がりの襤褸《ぼろ》の着物だったから、あの時はどんな田舎の貧しい農村から芋を売りに来たのかって、通りすがりの人からも勘違いされたなぁ」

「そう、だったのか」

「うん。雨了に最初に会った時のこと覚えてる？　通りに楊益が宮女《きゅうじょ》募集の板を立ててた。私は家からどうしても出たくて、宮女《きゅうじょ》になるための話を聞いてたのよ」

「……ああ、覚えている」

　本当は、最初に出会ったのはずっと昔。十年も前の互いに子供の頃だった。

　けれど雨了はその時の記憶は曖昧《あいまい》になっていて、覚えていないのだろう。たとえ覚えていたとしても私がすぐにあの美しい少女と雨了を結びつけられなかったように、雨了も今の私と過去の幼い私を簡単には結びつけられないかもしれない。

「……あの時、俺は驚いたのだ。我が迦国《かのくに》の……それも王城からそう遠くない豊かな街にさえ、あのような痩《や》せて貧しそうな子供がいたことにな。まさかそれほどに福利が追いついていないのか、と」

「ちょっと、子供って何よ！」

「幼い子供だと思ったのだ！　それほどにそなたは痩《や》せていて小さかった！」

私はその言い草にムッと唇を尖《とが》らせた。ほんの数ヶ月前の話だ。確かに年をごまかしていると、雨了に絡まれたあれが私たちの再会だった。

「しかし、何故か目が離せなかった。このまま連れて帰ろうかと、何度も頭を過《よぎ》ってしまうほどに……」

「……それは私が愛妃だったから？」

思わずそんな言葉が口から漏れる。雨了はそれに答えず、道の先を指し示した。

「あ、出口……なのかしら」

気が付けば、この不思議な抜け道は終わりだった。

第七章

後宮内の小道は複雑でちょっとした迷路のようだ。

円茘の抜け道から出ても、相変わらず暗く細い道が続いていた。道の左右の生垣《いけがき》は綺麗な形を保《たも》っているから、比較的人の出入りがある場所らしい。暗いせいで近くに建物の類《たぐい》が見えないから私には現在地の見当がつかない。

「ここ、どの辺りだろう……。暗いしよく分からないわね」

「ここなら……随分と青薔宮に近い……」

「雨了、道が分かるの？　でも井戸の場所からそう歩いていないのに。妖《あやかし》の抜け道だからかしら」

「まあな……そなたより、俺の方がここで過ごした時間は遥《はる》かに長いのだぞ」

雨了は力ない声でそう言って微笑《わら》う。

「十歳頃まで、この後宮を庭のように駆け回ったのだ……ああ、懐かしいな。青薔宮はおそらく、方角でいえばあちらのはずだ」

「そっか。そうだったわね。それじゃあそっちに向かい――」

そう言いかけた私の手を雨了は強く引いた。

「……静かに」

押し殺した声とほぼ同時に、松明《たいまつ》の灯《あか》りが複数、遠くを横切っていくのが見えた。どうやらあっちにはここより広い通りがあるらしい。複数人が入り乱れて走るような物音もしていた。松明《たいまつ》の数からして五、六人だろうか。

思いがけないほどの近い位置に、私の背中を冷たい汗が伝《つた》う。辺りは暗く、生垣《いけがき》に囲まれているから、動かない限り目立ちはしないはずだが。私の鼓動は激しい音を立てており、その音が聞こえてしまわないか心配になるほどだった。

耳を澄《す》ませば微《かす》かに話し声が聞こえる。

「――いたか?」

「いや、暗くて分からん」

「玉石様、本当にこっちに来ますかね。離れ側に増員した方が……」

彼らの会話から味方ではなく追手《おって》なのだと分かった。しかもどうやらあの玉石とやらを持っているようだ。やはり朱華の持っていたあれ一つではなかったのだ。

事実、聞き覚えのある声がして背筋が粟立《あわだ》つ。

『……いや、離れか青薔宮か、必ずそのどちらかに来るだろう』

「ですが、皇帝は青妃とは不仲って噂もありますし」

『青薔宮の主は龍の血を引く娘だ。いざとなれば頼ろうとするはず』

「玉石様はそう仰《おお》せだ。お前らはもう少しその辺りを捜してこい」

「は、はあ」

『愛妃の娘は殺してはならぬ。あれは貧相な小娘だが、なかなかの力を秘めている。次の器になりそうだ。生け捕《ど》りにして、なるべく傷も付けるでないぞ』

次の器――？　良からぬ言葉に、私は聞き耳を立てながら眉を寄せた。

「はい。玉石様の仰《おお》せのままに」

雨了のおかげでバレずに済んだが、青薔宮の近辺も張られていては動くに動けない。

「莉珠、こちらに……」

「うん」

雨了はごく小さな声で脇に入る細い路地を示した。青薔宮のある方角とは逆だが、このまま進むわけにはいかない以上、見つかる前にここを離れる必要がある。

（あともうちょっとだったのに）

私は唇を噛みながら細い路地を曲がった。

進んだ道は特に細く入り組んでいた。

おそらく宮女《きゅうじょ》ではなく、庭の手入れをする者くらいしか通らないのだろう。先程よりも道が悪い。敷《し》かれた石も割れたまま放置され、転がった石で蹴躓《けつまず》きそうになるほどだ。雑草も生《は》えっぱなしのこの道はどこに続いているかも分からない。曲がりくねった道を進む。

雨了は私が話しかけてもあからさまに反応が鈍《にぶ》くなり、私にかかる重みも増していた。随分と体力が削られている。

不安感でじわりと涙が滲《にじ》む。だが今はそれどころではないと雨了に泣いているのを知られないように目元をゴシゴシと袖《そで》で擦《こす》った。

そして胸元がじわじわと熱くなっていることにも気がついていた。壁巍に渡された竜の宝刀が巻貝に姿を変えた物。それが胸元に入っているのだ。思い出したくもない役割を持った宝刀は、まるで自己主張をするかのように熱く、雨了の冷たさとは裏腹な熱を私に伝えてくる。宝刀は、雨了がまだ息のある内に刺せと私に言っているに違いない。

そんなことをすれば、人としての雨了は死んでしまう。それでも存在は残る。私のことも、他の人のことも全部忘れてしまい、完全に別の存在になったとしても、龍として生きることが出来る。命の灯火《ともしび》が消えてしまう前に、早くそうしろと伝えるように熱い。

壁巍はどこまで分かっていたのか。こうなることが分かっていて私にこの龍の宝刀を渡したとでもいうのだろうか。

私は決心もつかぬまま、ぐずぐずと雨了と暗闇の後宮内を彷徨《さまよ》うしかなかった。

どこかに蹴躓《けつまず》きでもしたのか、不意に、ぐら、と雨了がふらついて、私は必死に支えた。ずっと雨了を支えながら歩いていて、息はすっかり切れていたし足ももつれそうだった。

「しっかりして、雨了。大丈夫、大丈夫だから」

「ああ、すまぬ。そなたは……強いな」

私は強くなんかない。ただ強がっているだけだ。私は雨了を支えているつもりで、手はもう抑えきれないほど震えていた。私こそ雨了に縋《すが》っているのだ。雨了を宝刀で刺し、人の体から解放する勇気もない。今だって怖くて怖くてたまらなかった。

「……おい、今あっちで何か聞こえなかったか?」

「風の音じゃないのか?」

「いや、でも……」

背後からガサガサと音がして私は顔を上げた。

追手《おって》だった。声の大きさから、もうかなり近いのが分かる。焦りと共に背中にどっと汗が出る。

(どうしよう……)

私もそろそろ体力が限界に近く、雨了はまともに動けない。走ることは確実に無理だ。あちらは明かりを持っている。近付かれたらすぐに見つかってしまう。私は雨了の着物を縋《すが》るように強く握った。

『コチラニ……コチラニ』

「え……?」

その時、聴き慣れない甲高《かんだか》い声がして、私はキョロキョロと辺りを見回した。

すぐ近く、暗がりに溶け込むようにひっそりと小さな廟《びょう》があることに気が付いた。一見すると物置にも見えるが、どうやら古い時代の廟《びょう》のようだ。小さいと言っても人が入れるくらいの大きさはある。

こんなところに逃げ込んだとしてもすぐに見つかってしまう。けれど、雨了はもう歩けそうにない。どうせ逃げられないにせよ、せめて休ませるくらいはしたかった。

『龍、妃《きさき》、コチラニ』

またも私を導く声がする。私は渾身《こんしん》の力を振り絞って、半《なか》ば雨了を引き摺《ず》りながら廟《びょう》の前へと行った。

廟《びょう》の扉には大小の蜘蛛《くも》が張り付いていた。暗闇でも分かる色鮮やかな蜘蛛《くも》である。

「貴方たち、蜘蛛《くも》の妖《あやかし》……よね」

小蜘蛛《くも》はかつて外に逃がしてやった蜘蛛《くも》で、大蜘蛛《くも》は鴸《しゅ》の件を教えてくれた妖《あやかし》だ。小蜘蛛《くも》といっても、虫の苦手な宮女《きゅうじょ》なら卒倒するほど大きい。大蜘蛛《くも》の方は更に巨大だった。ろく——猫の大きさとそう変わらない。

大きい蜘蛛《くも》の方が、ギチギチと鋏角《きょうかく》を鳴らした。

『カツテ、我ガ夫、助ケラレタ。恩、カエス』

「まさか、あの時の……大きい方の貴方が奥さんだったのね」

大蜘蛛《くも》と小蜘蛛《くも》は親子ではなく夫婦であるらしい。

『妃《きさき》、急グ、コチラニ、コチラニ』

「うん」

大蜘蛛《くも》は重そうな廟《びょう》の扉を、糸を駆使して易々《やすやす》と開けた。

そんな器用なことが出来るのかと驚いたが、背後の気配はだんだんと近付いているようだった。

私は急いで雨了を引っ張って廟《びょう》へと転がり込む。扉は大蜘蛛《くも》が閉めてくれた。

扉が閉まれば、窓のない廟《びょう》の中は真っ暗闇だった。乾いた木の匂いがする。

すぐ外に追手《おって》がいるかもしれず、気は抜けないし雨了に呼びかけるのも出来ない。

廟《びょう》の中が狭いのもあって雨了に抱き付くようにしてその心臓の鼓動を聞いていた。

まだちゃんと動いている。疲れと緊張で鼓動の速まっている私に比べると随分と遅すぎるけれど。おそらくは徐脈《じょみゃく》になっているのだろう。その音が消えないよう、私は祈ることしか出来なかった。

「——本当にこんなところに？」

思いがけず近い位置から声が聞こえてビクリと肩を震わせた。

「いや、確かにこっちから物音がしたんだ」

「気のせいじゃないのか。俺としては離宮の方に逃げたと思うね」

「で、でもさ、玉石様があぁ言うし」

「あんなわけ分からん石ころの言うことを真《ま》に受ける気にゃならんよ」

「まあ、確かに……命令だから従ってるけどさ。良かったのかな。こ、こんなの反逆罪だろ」

「言うな。命令に従わなきゃ、あの場で殺されてた。もうやるしかない。仕方ねえんだよ……」

「真面目だった衛士《えじ》長があんな石ころに惑《まど》わされるなんて……俺は情けないよ」

「なんでも皇帝の首級《しゅきゅう》を上げたら、病で亡くした妻子を生き返らせてくれるんだってよ。それを聞いちゃあな……」

（嘘、あの衛士《えじ》長まで……!?）

私は血の気《け》が引くのを感じていた。

彼は確かに以前よりやつれていた。願い石詣でもしていると聞いた。それでもあの白い石――玉石にたぶらかされる人間の多さに眩暈《めまい》がする。

しかし追手《おって》の男たちも一枚岩ではない。脅《おど》されて仕方なく言うことを聞いている者もいるようだった。

男たちの声はだんだんと近付いてくる。どうか、このまま気付かず去ってほしいという願いは叶わなかった。

「あ、おい。こんなところに建物が！」

「へえ……物置か？　それとも廟《びょう》か何かかね。一応中も覗《のぞ》いてみるか」

彼らは私たちがついさっきまでいた路地に踏み入り、とうとうこの廟《びょう》に気が付いたらしい。

狭いこの中にはもう隠れる場所はない。扉を開けられたら一巻の終わりだった。

私の心臓はバクバクと激しい音を立てていた。緊張で全身から血の気《け》が引いていく。

追手《おって》がこの扉を開けたら完全に詰みだ。

私は雨了の冷たい体に縋《すが》るように抱き付いていた。

しかし、こうして息を潜《ひそ》めて待っていたって助けはこない。衛士《えじ》長が敵に回った以上、全ての衛士《えじ》を信用出来ない。

今、自分がやれる限り精一杯足掻《あが》かなければ、絶対に助からない。今までだって、ずっとそうだったはずだ。

だから私のすることはただ一つ。足掻《あが》くことだけだ。敵《かな》うとも思えないが、あの男たちと戦う。

普通に考えて無理。それでもやるしかない。

私は戦ったことなどない。

――しかし、武器なら一つだけ、ここにある。

私は決心をして雨了から上体を離し胸元の衣嚢《ポケット》を探《さぐ》る。熱を持った細長い巻貝が私の手のひらにコロンと転がり出た。

それは青い光を湛《たた》えて狭い廟《びょう》内を照らした。奇《く》しくもあの古井戸と似た青い光。燐光《りんこう》を弾《はじ》けさせながら、元の形を取り戻していく。巻貝から小刀の形へ。壁巍が言っていた通り、必要な時に勝手に戻っていく仕組みなのだろう。

私の手のひらに、指の長さ程度の刃渡りしかない、本当に小さな小刀が現れた。それでも刃物は刃物。私は竜の宝刀の柄《つか》を強く握りしめる。扉を開けられた瞬間に先んじて襲うしかないと心に決めて、唇を真一文字に引き結んだ。

追手《おって》が話していた内容から、望んで反逆をしたのではないのが察せられた。そして彼らは油断している。彼らにはそのまま油断していてほしい。正攻法では敵わない以上、扉を開けられた瞬間に、一太刀浴びせて私の方へ意識を引きつけるつもりだった。そのまま走って青妃のところまで逃げればいい。逃げ切れるとは思えないが、万が一でも青薔宮に逃げ込めれば、青薔宮の人員を連れて、雨了を助けに来ることが出来るかもしれない。他の案を思い付かない以上、無謀でもやるしかない。

そうは言っても宝刀を持つ手はブルブルと震えていた。

今、私が怖いのは追手《おって》に見つかることではなかった。

自分の手で人を傷つけることを恐れていた。突き飛ばしたり、脛《すね》を蹴るのとはわけが違う。小さくとも刃物である以上、そんな物を振りかざせば誰かを傷付けてしまう。もしかすると命を奪ってしまうかもしれない。そう考えたら身が竦《すく》むようだった。

でも、私だけが怖いわけじゃない。

さっきの雨了だって、きっと今の私と同じように、怪我をさせてしまうかもしれない、殺してしまうかもしれないと、怖い思いをしながらも、その強大な龍の力で私を助けてくれたはずだ。

皇帝としての政務だってそうだ。兵を率いて馬理国に向かったあの時も。自分の命令ひとつで馬理の民を殺してしまうことになるのだし、采配《さいはい》次第で自国の兵が死ぬかもしれない。そんな恐怖と戦ったはずなのだ。

雨了は皇帝であるのと同時にまだ二十やそこらの若者だ。なのにこの国の全てが雨了の肩に掛かっている。そして今まで、守りきれずに多くの大切な物や人を失ってきた。平坦ではない、決して楽ではない道だ。

だから、少しでも負担を減らしてあげたい。力になってあげたい。

そう決心したのに――

「――莉珠、そなたはそんなことをしなくてもいい」

雨了は私の耳にそう囁《ささや》いた。まるで私が何を考えているのか全てお見通しとでも言うように。

なんでそんなことが言えるのかと反論しようとしたが、雨了の大きな手のひらで口を塞《ふさ》がれた。これでは何も言えない。手を振り払ったら物音を立ててしまいそうで出来ない。

その代わりに、すぐ外にいるらしい男たちがのんびりと話す声が聴こえてくる。

「な、なあ、まさかこの中に隠れてたりして」

「いやぁ、ないない。見てみなよ。扉に立派な蜘蛛《くも》の巣が掛かってるじゃないか。扉を開け閉めしたら蜘蛛《くも》の巣なんて取れちまうんだからさ。これはしばらく扉を開けてないって証《あかし》さ」

男の言葉に私はハッと顔を上げた。雨了は無言で頷《うなず》く。

ここに匿《かくま》ってくれた夫婦蜘蛛《くも》の妖《あやかし》が大急ぎで扉に蜘蛛《くも》の巣を張ってくれたのだろう。

「うわっ、蜘蛛《くも》！　でかい蜘蛛《くも》が！　ヒッ、足元に！」

「お前、もしや虫が苦手なのかい？　さっきの物音ってのも大方、でっかい蜘蛛《くも》だったりしてな」

「う、うるせえな。もう行くぞ！」

「そうだな。なあ、適当にぐるっと回って時間潰してから戻ろうや」

男たちの声が遠ざかっていく。しばらく耳を澄《す》ましていたが、もう気配を感じない辺りまで離れてくれたらしい。

安堵のあまり、はあぁ、と大きな息を漏らす。緊張が緩んで脱力しそうだった。

「た、助かったぁ……」

少し落ち着いた私は雨了の着物を軽く引っ張って小声で話しかけた。

「ねえ、雨了は蜘蛛《くも》の巣にいつから気付いていたの？」

「いや、そういうわけではない。ここに導いてくれたのが妖《あやかし》であるのなら、ただ匿《かくま》って終わりではなかろうと」

「そ、それだけ⁉」

「ああ。それに俺は莉珠のことを信じているからな」

雨了は私の持った青く光る龍の宝刀に照らされて、邪気のない笑顔でにいっと笑っていた。まるきり子供みたいな笑顔だった。その笑顔に思わず頬の辺りが熱くなる。

私はそれを誤魔化《ごまか》すようにそっぽを向いた。

「し、信じてって……。さっきは私のことを止めたくせに」

「いや、ここに辿《たど》り着くまでに俺のために、莉珠は力を尽くして頑張っていたのを知っている。きっと、そんな莉珠だからこそ、妖《あやかし》たちも力を貸してくれるのだろうとな」

「私は別に何も……」

思わず口ごもる。

これまで上手く逃げられたのも、ボロボロになっても戦ってくれたろくや、囮《おとり》という危険な役割を担《にな》ってくれた汪蘭、それから円茘や夫婦蜘蛛《くも》の妖《あやかし》が導いてくれたおかげだ。自分のおかげなんて全く思えない。褒められても気恥《きは》ずかしいだけだった。

「ねえ、そんなことより、さっきより少し回復してるんじゃない？」

雨了はさっきよりも随分と体調が良くなってきているようだ。声に力もある。

額に手を当てると、あれほど冷たかった体温が少し戻っていた。

温かい。たったそれだけのことがとても嬉しい。先程とは違う意味で涙が浮かびそうになり、何度も目を瞬《しばた》かせて誤魔《ごま》化《か》した。

「ああ……どうやらここは龍を祀《まつ》った廟《びょう》であるらしい。そのせいかここに居るだけで体が少し楽になる。……とはいえ体内の毒は消えてはいないようだが」

「じゃあ、少しだけ猶予《ゆうよ》が生まれたってことでしょう。なんにせよ、良かったわ」

私は一応、雨了の胸元に耳を当ててた。脈も先程の徐脈《じょみゃく》ではなくなって、力強く鼓動を打っていた。いや、むしろ少し速いくらいだ。どういうわけか、どんどん速まっている気がする。

「急に脈が速くなった気がするんだけど、本当に大丈夫なの？」

ついでに言えば、やけに血色がいい。頬のあたりが赤いような。

「だ、大丈夫だ！　だからそんなに引っ付くな！」

「そう？　今は落ち着いてるみたいだけど、気分が悪かったら言ってね」

私はおかしな態度の雨了に首を傾《かし》げて耳を離した。狭い廟《びょう》なのだから、引っ付くなというのは無理な話だ。体温が戻ったせいで暑いのかもしれない。

「ねえ、私はここを出て、青妃のところに助けを求めに行こうと思うんだけど」

追手《おって》もとりあえずは去ったし、この場所が雨了に良いのなら、ここから動かしたくない。それなら私一人で行けば良い。体が小さいし身軽だから、衛士《えじ》から隠れながら進めるかもしれない。

だが、雨了は私の提案に首を振った。

「それは止《よ》した方がいい。おそらく青薔宮も見張られているはずだ。のこのこと近寄れば格好の的だろう」

「そうかも……しれないけど……」

確かにその可能性は高く、私は口をつぐまざるを得ない。しかし代案があるわけではない。外部からのいつ来るかも分からない助けを待つ猶予《ゆうよ》はない。

私はつい親指の爪を噛みそうになり、宝刀を持っていたことを思い出して手を止めた。

「それよりも、莉珠。そなたが持っているのは……もしや本物の龍の宝刀ではないのか」

「え、うん。知ってるの？」

私は先程から青い光で廟《びょう》の中を照らしている宝刀に視線をやった。

「ああ。龍の宝刀は、龍の宝鏡《ほうきょう》と共に我が迦国《かのくに》の神器だ。持つ者により形を変える宝刀と、千里を見通す宝鏡《ほうきょう》、とな。以前にも莉珠と宝鏡《ほうきょう》と井戸の水鏡を介して話したことがあっただろう。宝鏡《ほうきょう》は執務の間に祀《まつ》られている。だが宝刀は現在あるのは複製品なのだ。……まさか龍の祖に会ったのか」

雨了の問いに私はおずおずと頷《うなず》いた。

「うん。少し前のことだけど、さっきの古井戸のところでこれを託《たく》されたの」

「そうか……」

何のために渡されたのかは言いたくないことだったたし、聞かれなかったから黙っていた。幸い、雨了はこの廟《びょう》のおかげか回復しつつある。この宝刀を使わざるを得ない瞬間はこのままやってこないでほしい。

雨了は少し思案するように目を閉じて、また開けた。

その瞳は、暗い中でも分かるほど青さを取り戻しつつある。最初は驚いたが、雨了の青く光る目は綺麗で好ましい。

「……おそらく、龍の祖はこういったことも想定していたのだろうな」

独り言のようにそう言った。

「神器はかつて、三つあったのだ。宝刀、宝鏡《ほうきょう》……そして宝玉だ」

宝玉——それは。

「妖《あやかし》に敏感な莉珠であれば察しているやもしれん。呪われし宝玉の存在を」

「う、雨了は……知ってたの？　宝物庫の囁《ささや》く石だとか、後宮の願い石のこと」

「……宝玉は、龍の血を引く者に悟られぬよう動く。龍の血に恨みを持っているからだ。だが、ここまで後手に回ることになったのは、至らぬ俺のせいだ。迦王朝が興《おこ》る前……悪辣《あくらつ》な愚王が贅の限りを尽くし、過酷な税で民を苦しめていた王朝があった。宮廷は腐敗し、官吏の不正が横行していた。それを打ち倒したのが俺の祖先である初代皇帝だ」

私は頷《うなず》く。その初代皇帝の妃《きさき》になったのが、あの壁巍の娘で龍であることも知っている。

「それほど国が腐りきったのは、妖《あやかし》のせいだと密《ひそ》かに伝えられている。美女に化けた妖《あやかし》、九尾の狐が妃《きさき》として後宮に入り込んだ。王を唆《そそのか》し、堕落させたのだと。贅沢を好み、争いを呼ぶ邪悪な妖《あやかし》だったのだ。戦いの末、愚王も九尾の狐も処刑された。だがしかし九尾の狐は肉体を捨て、怨霊となりて迦王朝を祟《たた》ろうとした。それを初代の皇帝とその愛妃が力を合わせ、神器の宝玉に封印したのだ。それでも奴は呪詛《じゅそ》を吐き続け、この地を穢《けが》すのを止めなかった」

宝玉――つまりそれが玉石なのだ。

「しかし初代皇帝がそのままにしておくはずがない。宝玉に龍を彫り込み、硯《すずり》という形代《かたしろ》にして呪詛《じゅそ》を抑え込んだ。しかし、その恨みはあまりにも大きかったのだろう。長い年月で少しずつ封印が弱まるのを良いことに、人を唆《そそのか》すようになったのだ」

「龍を彫り込んだ硯《すずり》――それが宝物庫の囁《ささや》く石の正体なのね」

「おそらくは。そして十年前にも、父が亡き後、宮廷の慌ただしさに乗じて人を操り……多くの罪なき者が死んだ。母はそれに気が付き硯《すずり》を破壊させた。だが、破壊には意味がなかったようだ。九尾の狐――玉石はもう石に適応していたのだろう。龍の宝玉がなくなれば、別の力の合う石に憑《つ》くだけなのだから」

「じゃあ、どうしようもないってこと？」

玉石が囁《ささや》く石や願い石として自らの欠片《かけら》を分け与えていたのは、人を唆《そそのか》して操るためだけではない。本体が壊された際の保険でもあるのだろう。後宮内にどれだけの石があるのか想像も付かないし、全てを破壊するのは不可能だ。

「いや、まだ手はある。強い龍気で辺り一帯を一気に浄化させれば良い。さすれば玉石も力を失うはずだ」

雨了はきっぱりとそう言った。また青く光り始めた瞳で真っ直《す》ぐに私を見つめる。私の甘い考えを打ち砕くように、雨了は口を開いた。

「……莉珠、頼みがある。その宝刀で、俺を貫《つらぬ》いてくれ」

——それは私が雨了に知られないように、ずっと黙っていたことだった。

「それがまことに神器……龍の宝刀であるならば、この身に流れる龍の血で、ここを全て浄化出来るはずなのだ。莉珠に辛い役目を押し付けるようですまぬ。だが、聞いてくれ」

雨了は私を真っ直《す》ぐに見つめたまま言った。

「……なんでそんなこと、知ってるの」

私の声は震えていた。落ち着かせるために何度も息を吸って吐いた。手の中の宝刀が恐ろしくて、投げ捨てたい気持ちを堪《こら》えて柄《つか》を握っていた。

「……この廟《びょう》に入ってから、欠けていた記憶が戻りつつあるようだ。いや、その前、懐かしき汪蘭の声を聞いてからかもしれぬ」

雨了は優しい声で汪蘭の名前を呼ぶ。元々、不安定になった雨了を強制的に落ち着かせるために壁巍が記憶を弄《いじ》っていただけなのだ。きっかけがあれば戻るものだったのかもしれない。

「俺は龍の血を引く者として、祖からいくつかの話を聞いている。それは皇帝という身分と同じく、俺に課せられた使命なのだ。追手《おって》の男たちの会話を聞いただろう。俺の首を取れば衛士《えじ》長の死んだ妻子を生き返らせる、と。もちろん、死んだ者は龍の力をもってしても生き返らない。だが、あの玉石はまやかしを見せる。手に入らない幸せな夢を……なんと残酷なことか……」

「……うん」

死んだ人は決して生き返らない。だというのに人の心の一番脆《もろ》いところを踏み荒らす。その所業は反吐《へど》が出るほど腹立たしい。

胡嬪も同じだった。彼女が手に入れられなかったものを、目の前でチラつかせ、玉石の思うままに操った。胡嬪が悪くないわけではない。しかし、一番を決めるなら、断然玉石だ。滅ぼせるなら滅ぼすべきだという理屈は分かる。

「今の俺は龍の力をほぼ失ってしまった。龍気を僅《わず》かに出しただけで死にかける有《あ》り様《さま》だ。だが、こんな状態の俺でも、民を救う方法が一つだけある」

雨了の言いたいことを察して、私は唇を噛んだ。

雨了は宝刀を指し示す。

「龍の番《つがい》が宝刀で龍を刺せば、人の殻を破り、龍の力を引き出すことが出来るのだ。そなたも救われるし、多くの人を助けることが出来よう。……だから、刺してくれ、莉珠」

「そ……そんなこと、出来ないよ……」

私は頑《かたく》なに首を振った。

「そうか……莉珠は知っているのだな」

雨了は困ったように眉を下げて微笑《わら》う。

「確かにその宝刀を使えば、龍の血が薄い者は命を落とす可能性がある。だが、俺はかつては先祖返りと言われていたほど龍の血が濃い。もしかすると死なずに済むかもしれない」

「り、龍になるって、意味を分かってて言ってるの⁉　生きてたって人間じゃなくなっちゃうんだよ！」

「ああ。その場合、この身は本物の龍へと変じるのだろう。だが、そうなったとしてもそなたも含めこの国の全てを守護し続けると誓おう。だから、頼む」

私は嫌々をするように首を激しく横に振った。

「私、嫌だ！」

そんな時にまで笑って身を投げ出そうとする雨了が腹立たしかった。何故、自分をもっと大事にしてくれないのだろう。痛いとか辛いとか、もっと言ってほしかったのに。

私は駄々っ子のように強くかぶりを振り続ける。

私にとっては、雨了が龍になるのも死んでしまうのも変わらない。私の目の前から雨了が消えてしまうということ。龍として生まれ変わるから大丈夫、なんてまったく思えない。

「莉珠……安心してほしい。そなたが俺の愛妃であったことは変わらない。おそらく母が再び皇帝となるだろうが、そなたが生涯生活に困らぬよう、取り計《はか》らってくれるはずだ」

「そうじゃない！」

　思わず大きな声を出していた。

　追手《おって》は離れても危険には変わりない。それでも、今この時に自分の声量を抑えるなんて器用な真似は私には出来なかった。

「そうじゃないんだよ。私はさ、綺麗な着物とか、髪飾りとか、そんなのが欲しかったんじゃない！　私は雨了にそんなのを求めていたんじゃない！」

　最初は朱家から出たくて宮女《きゅうじょ》になりたかった。不当なことで叩かれたり、水をかけられたり食事を抜かれたりする日々ではなく、働けばそれなりに報《むく》われて、貧しくても糊口《ここう》を凌《しの》げればそれで良かった。

　なのに私は、突然雨了にいい匂いがすると、ただそれだけで選ばれた。何もかもピンとこない中、成り行きで後宮にやってきただけだ。

　私は最初から雨了を好きだったわけじゃない。

　でも、この気持ちは少しずつ変わっていった。

　古井戸で何度も話した時間は楽しかった。二人だけの秘密は甘美だった。

私の立場のために、忙しい中会いに来てくれたのは胸がムズムズしたたし、夢でまで一喜一憂した。

そして、毒で死にかけてもなお、私を助けるために龍の力を振り絞ってくれた時は胸が張り裂けそうだった。

そして、そのどれもが嬉しかったのだ。

「私は……雨了が好きだ」

「り、莉珠……な、何を」

「……だから、死んでほしくない。でも、それよりも、私はもう、雨了に忘れられたくないんだよ‼　馬鹿ぁ‼」

ずっと、何度も何度も我慢していたのに、とうとう決壊してしまった。

私の両目がカッと熱くなって、視界が滲《にじ》む。

もう堪《こら》えることは出来ずにボタボタと零《こぼ》れ落ちてしまう。大きな雨粒みたいな涙が、頬を伝《つた》って着物の襟《えり》を濡らしていく。

私は爆発してしまいそうな気持ちを宝刀にぶつけた。廟《びょう》の床に突き刺したのだ。おもちゃのように小さな小刀はあっさりと床にめり込む。

「り、莉珠……」

「嫌なものは嫌なの！　私は絶対に雨了を刺したりなんかしない！」

龍になってしまえば人だった時のことを忘れてしまう。私のことも、今までのことも全部。

そんなのは嫌だった。

十年前にほんの僅《わず》かだけ触れ合ったあの時。雨了はそれを忘れてしまった。そこにはいくつもの『理由』があった。

そう、仕方がなかった。

だとしても、二度目はごめんだ。

莉珠という私を覚えていてほしい。

それが、ただの我儘であることは百も承知だ。

私は拳をぎゅっと握り込む。

雨了を龍にして国を救い、私はすぐに後を追って儚《はかな》くなる。多くの人が救われる、そんな結末がきっと正しくて、美しいのだろう。

私はかつて、そんな綺麗な結末の物語をいくつも読んだ。でも、私はどんなに正しくたって、悲劇は真《ま》っ平《ぴら》だった。

泥臭くても、辛くても、二人で生きていたい。

「龍になんかならないで。私と一緒にいてよ……」

「莉珠……」

雨了の腕がおずおずと背中に回り、雨了の胸元に顔を押しつけられる。それでも涙は止まらなくて、雨了の着物を濡らした。

雨了はぎこちない手で私の背中を撫でている。

「莉珠……泣くな……」

「うるさい！ 馬鹿！ なんで自分が犠牲になればいいとか考えるの⁉ 私がそんなことしようとしたら止めるくせに！」

私は泣きながら雨了を詰《なじ》る。もう感情がぐちゃぐちゃで止められなかった。

「そ、それは……俺が皇帝だからだ。民を守るのが使命なのだ」

「皇帝なら、自分の幸せは全部諦めなきゃいけないの⁉ そんなの、生贄《いけにえ》と変わらないじゃない‼ 何のための皇帝よ！ 私は何のための愛妃なの⁉ 国民の幸せに、自分のことも入れたっていいじゃない！」

べそべそに泣いているし、鼻水だって出ている。しゃくり上げながらだし、言っていることも支離滅裂だけれど止まらない。

ただ荒ぶった感情を雨了に叩きつけるみたいに私は泣きじゃくった。

「私、雨了と一緒に生きたいよ……！　それで雨了にも生きたいって、思ってほしいんだよ！」

雨了のぎこちない手に力が篭《こも》る。そのままぎゅうっと強く抱き締められた。

押しつけられた胸元が、熱い。

「……そうだな。俺も……」

そこで雨了は口ごもる。私は再度吠《ほ》えた。

「そこで止まるな！　馬鹿！　言いたいことあるなら全部言いなさいよ！　皇帝だからって遠慮してるんじゃないわよ！　口に出して言わなきゃ分からないことだってあるんだから。……雨了は、生まれた時から皇帝だったわけじゃない。お父さんとお母さんの間に生まれた子供だったでしょう。私の前でだけで良い。ただの雨了として、貴方の言葉が聞きたいんだよ」

涙は止まらないから、きっとウサギのように真っ赤な目をしている。鼻はぐずぐずだし、汗もかいている。顔もボロボロ、髪の毛はボサボサだ。私は全然美人じゃないし、きっと二目《ふため》と見れたものじゃない顔だろう。

それでも、私は雨了が好きだから、好きだと言った。それだけだった。

「ひどい顔だな、莉珠」

雨了はクスッと笑いながら、私の頭をポンポンと軽く叩いた。

そう言う雨了だってボロボロになっている。けれど悔しいほど美丈夫のままだった。顔が良いから乱れた髪や薄汚れた着物が気にならないどころか、逆に色気が増す始末。

その不公平さに思わず唇を尖《とが》らせた。

「……知ってるわよ」

「髪もボサボサだ」

「誰のせいよ。散々くしゃくしゃにしてくれて」

「今だって鼻声だし、癇癪《かんしゃく》もすごい。……だが、俺は、そんな莉珠が好ましい」

「だったら最初から、そう言えば良いじゃない！」

「ああ、そなたのそういうところがだ」

私は雨了の胸元に額をぐりぐり押し付けて鼻をすんと鳴らした。やはりこんな時でも雨了は良い匂いがする。雨了が私を良い匂いと感じるのと同じ原理なのかもしれない。

「莉珠、好きだ」

「……うん」

「なあ、莉珠よ。俺は数ヶ月前のあの日、あの往来で会うよりも前に……莉珠に会っていたことがあるのだな」

「う、雨了……思い出したの？」

その言葉に私はパッと顔を上げる。しかし雨了は首を横に振った。

「いや。だが、そなたは『もう忘れられたくない』と、そう言った。それは、俺が一度そなたを忘れてしまったからなのだろう？」

「……そうだよ。ずっと昔に私は雨了に会った」

私がそう言うと、雨了は私の頬をそっと撫でた。とても大切な物に触れるように。

「ああ、だからなのか……莉珠に初めて会ったはずなのに、誰かに似ていると思ったのだ。だが俺の知る誰とも似ていない。不思議と懐かしい、淡い茉莉花《まつりか》の香りがする娘……う、──ッ!?」

突然、雨了は頭痛がするかのように額を手で覆《おお》う。私は跳《は》ね起きるように体を離して雨了の顔を覗《のぞ》き込んだ。

「ねえ、どうしたの⁉　頭が痛いの⁉」

「痛い……だが頭より、足が、痛む」

「足……？　見せて！」

雨了のその苦しそうな様子に、まさか逃げる途中に怪我をしたのかと、私は裾《すそ》を捲《まく》り上げた。

廟《びょう》の中は暗いが、それでも床に突き刺した宝刀の青い光の照り返しで、傷の有無くらいは分かりそうだ。宝刀は明かりとしては優秀と言えるかもしれない。

「どこがどういう風に痛い？　切った感じ？　それとも骨か筋の痛み？」

私は雨了の足に傷がないかを確認し、息を呑《の》んだ。

「これ……」

雨了の足には怪我はなかった。どこも腫《は》れてすらいない。しかし、傷はあった。

それは古い古い傷痕《きずあと》。刃物で切られた傷痕《きずあと》が、薄暗くても分かるほど、くっきりと赤く浮かび上がっていた。

そしてその傷痕《きずあと》は、十年前に私が拙《つたな》い手当てをした、その名残《なごり》に間違いなく――

雨了もまた己の足の傷痕《きずあと》を見て、目を大きく見開く。

「これは……この傷は、なんだ。今までこんな傷……」

ハッとしたように、目線が足の傷痕《きずあと》から私の方へと向けられる。

「……いや、この傷は……」

目を見開いたからか青い瞳がいっそう鮮やかに輝いた。

「ああ……思い出した。今、分かった。莉珠……十年前だ。俺に寄り添い、傷の手当てをしてくれたあの幼い娘……。それが、莉珠だったのだな」

雨了は驚いたように私をじっと見つめ、そして嬉しそうに微笑んだ。

「そなたの淡い茉莉花《まつりか》のような香りが懐かしいのも、思わず後宮に連れ帰りたい気持ちになったのも……そのせいだったのだな。俺は……ずっと、何故愛妃がそなたなのか、その理由が自分でも分からなかったのだ」

「そ、そう、なんだ……」

私はその言葉にさすがに衝撃を受ける。

「俺は初恋を忘れてしまっていたのだから、理由など思い当たらぬはずだ」

「は、初恋⁉」

「ああ、俺は、あの幼い小さな手で懸命に手当てをしてくれた健気《けなげ》な莉珠に、初めての恋をしたのだ。何もかも失い、辛さに耐えられず、いっそこのまま命を絶《た》ってしまおうかと思った俺は……この愛らしい娘のために『生きたい』と、そう強く願ったのだ！」

そのまま抱き寄せられ、雨了の胸元にぎゅっと顔を押しつけられた。

「ひゃっ……！」

顔がとにかく熱くて、抱擁で真っ赤になっているであろう顔が隠されるのはかえってホッとした。

「莉珠、好きだ」

もう一度言われた言葉に、また涙腺が緩まる。穴の開いた桶みたいにどこからともなく漏れてしまいそうだった。

抱き締められて、雨了の長い髪がするすると私の頬を撫でていく。その感触で、十年前の自称人魚はここにいるのだ、と実感して、薄く微笑んだ。

うなじがピリピリとする。そう感じるのも雨了にだけだ。何かがこの人だと教えてくれる。それが愛妃だとか龍の番《つがい》だからなのかは分からない。それでも私にとって雨了が特別な人であることに変わりはない。

「私も雨了のことが好きだよ」

「ああ、毒さえ飲んでいなければ、約束の通り口付けでもしてやるのが相応《ふさわ》しいのだが……残念だ」

「もう！」

こんな時にまで混ぜっ返すようなことを言う雨了をぺちりと叩く。

「約束……そうだ。返す約束だったな」

「え？」

「馬理に出立《しゅったつ》する前、そなたから借りただろう。そなたの大切な守り袋だ。このような時で悪いが、失くしたり汚したりしては困るからな」

「うん、そうだね」

それは雨了としては、どちらかに何かがあって返せなくなってしまうことを想定していたのかもしれない。私もそこには触れずに頷《うなず》いた。

私が再び雨了から身を離すと雨了は着物の内側を探り、眉を寄せた。

「む……？」

「どうしたの？」

まさか落としたりでもしたのだろうか、と危ぶんだ私の目前で守り袋を取り出して見せられる。暗くて分からないが、特に汚れているようには見えない。

「気のせいかと思ったが、やはり熱いぞ。……莉珠、これの中身は一体何だ」

「え……？　爺ちゃんの形見だけど、そんな熱くなるものなんて入れてるはずないのに――」

しかし受け取った守り袋は、それ自体が発熱しているとしか思えないほどに熱い。

「先程から不思議と胸の辺りが熱い気がしていたのだ。歩きながら意識を失いそうな時、そなたの声と、そしてこの熱が何度も繋ぎ止めてくれた」

「この熱さ……もしかして」

私には覚えがある。

それは、あの宝刀が巻貝の形をしていた時に発していた熱に良く似ていた。

どくん、と心臓が波打つ。

私は守り袋の縫い目に指を突っ込んで、無理矢理ぐいっとこじ開けた。

宮女《きゅうじょ》がせっかく綺麗な絹布《けんぷ》で作ってくれた守り袋だったから申し訳なかったが、事情が事情だ。

口を開いて中身を取り出す。更に布で包まれている祖父の形見は、かつて茉莉花《まつりか》の練り香水が入っていた貝、その欠片《かけら》だったはずだ。

わけもなく緊張し、震える指で布を開いた。

――途端、青の燐光がチカチカと瞬《またた》く。

見覚えのある青銀色。まるで場違いな宝玉のように綺麗なそれ。

そこにあったのは、祖父の形見ではなく――紛《まぎ》れもない龍の鱗《うろこ》だった。

「う、そ――」

「それは……俺の鱗《うろこ》、か……」

私は息を呑《の》んで絶句した。雨了も呆然と青い光に見入っていた。

よく見ると鱗《うろこ》は三つに割れている。割れていた祖父の形見の貝と同じように。

(ううん、違う。同じように、じゃない。これは、きっと最初から鱗《うろこ》だったんだ)

きっと壁巍と祖父が術を用いて二枚貝に変化させたのだ。壁巍が宝刀を巻貝に変化させたのと同じように。

そして、祖父は妖《あやかし》を寄せ付けない茉莉花《まつりか》の練り香水を入れ、私の身を守りながら、同時に鱗《うろこ》の所在を隠した。

妖《あやかし》避けのためだけでなく、不安定になってしまった雨了から、幼い私を隠すために。

老齢だった祖父は、そう遠くない内に私を置いて死んでしまうことが分かっていたはずだ。そして、私が朱家に引き取られた後、どんな扱いを受けるのかも。だから一計を案じたのだろう。

私が成長した頃、自然と茉莉花《まつりか》の練り香水が尽きる。そうしたら、雨了が私の存在に気が付いて迎えに来られるように。そしてその頃には私も愛妃になるかどうかを自分で判断できる年頃だ。そう考えて私に託《たく》してくれたのではないだろうか。

「爺ちゃんからの……最後の贈り物だ。私、ここまで本当にたくさんの人に助けられてる。それをね、今すごく実感した」

私の声は震えていた。涙の膜が張り、また涙を零《こぼ》してしまいそうだった。

「馬鹿だな莉珠。もう散々泣いたのだ。嬉しい時だって遠慮せずに泣けば良い」

「ううん」

私は急いで袖《そで》で涙を拭《ぬぐ》う。

「もう泣かない。私たちが助かった時の嬉し涙に取っておきたいもの。今はこっち」

私は雨了に鱗《うろこ》を突きつけた。

「雨了にこの鱗《うろこ》を返すわ。ねえ、今はもう分かっているんでしょう。本当は十年前のあの時、手当てのお礼なんかで私に渡してはいけなかったの」

「……ああ。あの鱗《うろこ》の渡し方は良くなかった。そなたの気持ちも確認せずに押し付けてしまった。それは反省している。だが莉珠、今更かもしれないが」

「え？」

「それでも俺の気持ちは変わらない。返すと言われてしまうのはなかなかに辛いものでな。莉珠、いずれこの鱗《うろこ》が自然に剥《は》がれた時には……また受け取ってくれるだろうか」

「あ、当たり前じゃない！」

それは龍が番《つがい》と決めた者へ求婚をする方法。

顔が熱い。鼓動も速く、鱗《うろこ》を持つ手が震えた。

その時が来たら、私は今度こそ本当に雨了の妃《きさき》になる。そう考えると胸がむず痒《がゆ》く、何だか気恥《きは》ずかしい。

「……でも、割れてしまっているのよね。大丈夫かしら」

かつて焼かれたせいか、それとも義母が踏みにじったせいなのか、あるいは別の理由があるのかもしれないが、鱗《うろこ》は三つに割れている。私はそれをまじまじと見て眉を寄せた。

「さあ。俺とて祖から割れた場合など聞いたことがない。だが貼ってみれば分かるのではないか」

「それもそうね。ほら、首を出して」

「ああ、頼む」

雨了は長い髪をかき上げて襟《えり》を開けた。少し屈《かが》んであらわになった首筋を私に向けてくる。あの頃の少女めいた白くてほっそりした首ではなく、しっかりとした太さと喉仏の出た男の首になっていた。それを見て思わずドキッとしてしまい、妙に恥ずかしくなった。

「……ど、どこに貼るの？」

雨了の首筋に他の鱗《うろこ》は見当たらない。

さすがに適当にするわけにもいかず、おそるおそる首に触れる。とくとくと脈が触れる。

「さあ？」

「もう、自分のことでしょう！」

「知らぬものは知らぬ！　その位置で正しいなら、勝手にくっつくだろう」

「ああもう、分かったわよ！」

柄にもなく緊張していたのが馬鹿らしい。

私は割れた鱗《うろこ》を慎重に持ち上げて雨了の首筋に当てる。

たったそれだけで、呆気ないほどに鱗《うろこ》はピタリと首筋に張り付き、スッと馴染む。

最初からこうだったみたいに、雨了の首筋にたった一つの鱗《うろこ》がキラリと光った。割れていた箇所はひび割れているが、どこも欠けてはいない。綺麗な円鱗の形を保《たも》っていた。

「ど、どう……？」

しかし雨了は答えず、ガクンと私にのし掛かるように上体を倒して体重をかけてくる。私は慌てて雨了の上体を受け止めたが、脱力していてずっしりと重たい。青く光る瞳も固く閉ざされていた。

「う、雨了？」

呼びかけても返事はなく、意識を失っているようだった。私は軽く揺さぶってみるが、雨了の反応はない。さあっと心臓が冷たくなって雨了の名を呼んだ。

しかし狼狽《うろた》える間もなく、私は目を疑った。

「な、何これ……」

意識のない雨了の体から青白く光る粒子がまるで靄《もや》のように漏れ出ているのだ。ちょうど淀《よど》みの黒霧を反転させ、光らせたような何か。それは綺麗ではあったけれど、私にはまるで雨了という存在が抜け出てしまうように見えて、思わず手を伸ばした。

「いやっ、行かないで！」

私は雨了を宝刀で刺したわけではない。かつて壁巍に言われた通り、鱗《うろこ》を取り戻して私の手で元の場所に戻したはずだ。だというのに雨了から抜け出た光の靄《もや》は龍の形へと変じていく。細長くて蛇にも似た巨大な龍の姿へと。

キラキラと煌《きら》めく鱗《うろこ》に青く光る瞳、鹿のような白銀の角と小さい手足に長いたてがみ。絵や銅像で見た姿と変わらない。そして空へ昇っていこうとするかのように身をくねらせた。

「お、置いてくなってば！　雨了の馬鹿ぁ！」

このままでは廟《びょう》からも出て行ってしまう。置いて行かれてしまうのだ。私は忘れられるだけでなく置いて行かれるのも真《ま》っ平《ぴら》ごめんだった。

懸命に伸ばした手で龍のたてがみを掴む。今度はちゃんと掴めた、と思ったのも束《つか》の間。途端、ズルリと体の中で何かがずれた気がした。

気が付けば私は宙に浮いていた。

必死に両手で龍のたてがみを掴み、振り落とされないようにしがみついた。

しかし何かがおかしい。

振り返れば狭い廟《びょう》の床に雨了と私が折り重なるように倒れている。では、今の私は、とよくよく見ると龍の雨了にしがみついた腕が透《す》けていた。混乱する内に、龍の雨了は狭すぎる廟《びょう》からスルリと天井を通過して外へ出て行く。しがみついた私ごと。

「わあっ、ちょっと待って！　ぶつか――」

迫《せま》りくる天井に私は思わず目を閉じたが、何の衝撃も来ない。

風が頬をくすぐる。おずおずと目を開けると、そこはもう廟《びょう》の外だった。

外というより、空というべきか。

下を見れば今までいた廟《びょう》の小さな屋根が見える。どちらにせよ空中である。龍は空を飛べるのだ。

薫春殿の屋根より高いであろうその場所に少しばかりクラリとしながら、落とされないようにしがみつき直した。

「なんだ莉珠、付いてきてしまったのか」

龍が喋る。見た目は青白く光る龍だったが、声は雨了のままだった。

その声に私は震えた。

この姿でも私の名前を呼んでくれた。忘れられてはいない、その喜びに。

「お、置いていくなって、言ったじゃない！」

「……そうだな、すまぬ」

「なんで龍になんかなってるのよ。私、人としての雨了と生きたいって、言ったのに」

「いや、これは俺の中にある龍の力を具現化したものに過ぎない。俺の本性は人のままだ」

「そ、そうなの……？」

「ああ。龍の力で浄化が終われば元の肉体に戻れるだろう」

「そうならそうと先に言いなさいよ！　私……雨了が龍になって、去って行っちゃうのかと思って……本当に不安だったのに！」

「すまなかった。だがまさか莉珠まで肉体より出てしまうとは……そなたの血筋には巫祝《ふしゅく》の者がいたのだろうか」

その言葉に首を傾《かし》げた。

「……さあ、どうだろう。父方でそんな話は聞いたことがないし、物心付いた時にはもうお母さんは死んじゃってたから。でも、もしかしたら母方の血筋なのかもね。爺ちゃんは何か言ってたっけ……」

よくよく考えれば祖父は母の素性を知っていたのかもしれない。祖父が私の目を特別だと、母に似たのだと頭を撫でてくれた古い記憶がうっすらと甦《よみがえ》る。

「お母さんか……顔も知らないし、何の思い出もないけど……それでも私に残してくれたものがあったってことなのかな」

「そうか。む、そなたの頭を撫でてやりたいが……この姿では出来ぬのが残念だ」

「だから、私はもう小さい子供じゃないっての！」

私たちはそんな小競《こぜ》り合いをしながら空を目指して昇《のぼ》っていく。後宮がどんどん小さくなる。逃げ回っている時はあれほど広かったあの場所は、これだけ高いところから見ると笑ってしまうほど小さかった。

空の上でキョロキョロと首を巡らせていると、何か引っかかる方向があるのに気が付いた。

「ねえ、雨了、あっちに何かがある。暗い……嫌な感じの……」

体から抜け出て魂だけのはずなのに、肌が粟立《あわだ》つのを感じる。

「玉石か？」

「多分……すごくざわざわする。あんなの放っておけない」

「ああ、行こう。そなたが付いてきてくれて良かった。俺に道を示してくれ、莉珠」

何故だろう。私には玉石のいる方角を感じ取れた。母方の妖《あやかし》を見る力と関係があるのだろうか。もしくは、願い石のある場所で倒れ、危うく操られそうになったあの時に玉石との繋がりが出来てしまったのかもしれない。

雨了は首を返して私が指し示す方角に飛んでいく。だんだんと嫌な感じが強まっていく。私はぎゅうっと雨了の龍の体にしがみついた。

「……ここまでくれば俺にも分かる。酷《ひど》い瘴気《しょうき》だ……」

「うん……。雨了、あれ、あそこの建物！」

後宮からも遠く、人里離れた場所にすっかり荒れ果てた屋敷があった。人が住まなくなって何年も経ったような荒屋《あばらや》。まさかこんなところに胡嬪がいるのだろうか。にわかには信じ難いほどボロボロな様子が淡い月明かりに照らされている。屋敷の手前には馬車が横倒しになっており、石になった駇者《ぎょしゃ》が傍《かたわ》らに転がっていた。

「……ひどい」

「おそらく玉石がやったのだろう。魂を養分として食われたのか……」

屋根すら壊れて大口を開けている有《あ》り様《さま》だ。まともに人が住めるとは思えない。しかし間違いなくこの中から玉石の嫌な気配がした。

「行くぞ！」

「うん！」

龍体の雨了と共に壊れた屋根から屋敷へ侵入を果たした。

室内も外と変わらぬほど荒れている。いつ崩れてもおかしくはない。こんな廃屋で夜を明かすなど、良家の子女である胡嬪に耐えられるものではない。玉石はきっと胡嬪にこの廃屋を豪華な屋敷とでも思い込ませているのだろう。衛士《えじ》長の妻子を生き返らせるのと同様に、彼らの願いなんて最初から叶える気はなかったのだ。

「雨了、こっち！」

私は息を呑《の》んだ。

その部屋は比較的荒れ方がマシだった。だとしてもせいぜい雨露《あまつゆ》をしのげる程度だけれど。床や壁もひどい有り様《あさま》だ。

そんな場所に胡嬪はいた。

彼女は数人の宮女《きゅうじょ》たちと共に石像のようになって倒れていた。

顔まで灰色になっている。

しかしその目が不意にグリッと動いた。

「ま、まだ生きてる！」

私は龍の雨了から降りようとしたが、雨了はサッと身を翻《ひるがえ》して離れる。

「莉珠！　降りるな！」

「えっ？」

途端、ざわりと胡嬪の影が動く。彼女の手が握る白い石へ、今まで見た中で一番濃い淀《よど》みが吸い込まれていくのが見えた。

『よくも……忌々しい龍め……』

胡嬪の薄く開いた唇から玉石の声がする。

『よくもよくも……呪ってやる……永劫《えいごう》に……』

聞いているだけで震えが起こりそうな声だった。

『許さぬ……絶対に……妾《わらわ》は不滅……何度石に齧《かじ》り付こうとも！　この国を……龍の血を絶《た》やし……人を殺す！　川に血を流し、地に怨嗟《えんさ》を染《し》み込ませてやろうぞ！』

白い石から伸びる黒い影が不思議な形を取り始める。

獣のような姿、九本の尻尾――九尾の狐。そこから蒸気のように淀《よど》みがゆらゆらと立ち昇っている。

『まずはその女の魂を食ろうてやる！　大切な番《つがい》を失う苦しみをとくと味わうがいい！』

ギャアァンと九尾の狐が咆哮《ほうこう》した。その鳴き声で空気が震え、私は身をすくめた。

「ひっ……いやぁああっ！」

それはずっと前に見た夢のようだった。

九尾の狐の咆哮《ほうこう》だけで熱が奪われ、全身が寒い気がした。魂だけの肉体が端から薄れていく。玉石に食われてしまう——

「莉珠に……何をするっ！」

雨了の龍の瞳がカッと光った。青銀色の鱗《うろこ》がざわりと動き、その途端、全身がフワッと暖かくなった。

私は雨了に守られている。何があっても守ってくれる確信があった。

『小癪《こしゃく》な……！　ならば引き裂いて——』

「そんなことはさせない。俺は大切なもの全てを守る！　莉珠と共に生きるのだ！」

——大丈夫。私は雨了を信じている。二人で生きて帰るために。

「莉珠、しっかり捕まっていろ！　玉石を——破壊する！」

「うん！」

私は雨了の龍の体に強くしがみついた。

雨了が身を翻《ひるがえ》し、玉石目掛けて龍の体を突撃させる。

瞬間、激しい衝撃があった。ドオォン、という強い音と共に青い光が炸裂した。

青い光は網膜を焼くほど激しい。

――けれど日差しのように暖かく、清らかな光だった。

激しい音と光で感覚が失われ、しばらくして聴覚がようやく戻ってきて、パラパラと屋敷の天井から木屑が落ちる微《かす》かな音がした。

「ぎょ、玉石、は……」

「見るがいい、莉珠」

静かな雨了の声。胡嬪が握っていた白い石は真っ二つに割れ、物言わぬただの石になっていた。中のどす黒い淀《よど》みが少しずつ霧散していく。

「玉石は霧散した。もうこの近辺にあやつが憑《つ》ける石はあるまい」

「じゃあ、胡嬪は！」

――しかし、胡嬪やその宮女《きゅうじょ》たちは元に戻ることはなかった。彼女たちの灰色の肌に亀裂《きれつ》が走り、少しずつ剥離していく。胡嬪の顔がビシリと大きくひび割れた。

「そんな、胡嬪……」

胡嬪も、宮女《きゅうじょ》たちも、長いこと玉石と共にあった。おそらく体内まで淀《よど》みに食い荒らされたのだ。もう、どうしようもない。

様子だった。

胡嬪はこんな状態になってもなお、意識があった。しかし、もう目しか動かせない

「うりょう……さま……」

薄く開いた唇から吐息のような掠《かす》れた声が聞こえる。

「胡嬪、いや、胡玉栄……」

胡嬪は龍の姿でも雨了と気が付いていた。ひび割れた目は雨了を真っ直《す》ぐに見つめていた。

「どうして……きてくださらなかったの……ワタシ、ずっと、まって……」

「……すまなかった。胡玉栄よ。俺の都合で、そなたをずっと閉じ込めてしまっていた」

「いいの……だって、さいごに……きてくださった……から……」

「そなたには命を救われたことがあったな。……感謝する」

雨了のその言葉に、胡嬪はニッコリと微笑み、サラサラと砂になって崩れ落ちた。

思えば胡嬪も可哀想な人なのだろう。雨了に恋し、輝かしい未来を夢見ても報われず、雨了の来訪を待ち続け、その心の隙を玉石に付け込まれてしまった。

でも私は彼女に同情しない。してはいけないのだ。

「終わったのね」

「ああ……」

玉石だった石は完全に崩れた。玉石の企《たくら》みは潰《つい》えたのだ。それでも多くの犠牲が出てしまった。

胸の痛みはそう簡単に消えるものではない。私は雨了の龍のたてがみに顔を強く押し付けた。


「あとは浄化だ。玉石に操られた人々から淀《よど》みを落とし、玉石の次の器になり得る石を清める。それで無力化は済むであろう」

「ねえ、浄化って、どうやるの」

「雨を降らせる。龍は水を司る。清《きよ》い湧き水、国中に張り巡らされた川。それこそが迦国《かのくに》の豊かさの証《あかし》なのだ」

言いながら雨了は空へ駆け上がる。ぐんぐんと、訳が分からなくなるほど空高く、それこそ雲に届く高さでようやく止まった。

「やり方は本能で分かっている。俺は人の子ではあるが、確かに混じった龍の血が教えてくれるのだ」

雨了は龍の髭《ひげ》を揺らした。ピイィン、と空気が震える。その途端、どこからともなく、雲がどんどん増えていく。

後宮の上空から、雨雲は迦国《かのくに》を覆《おお》い尽くすように広がっていく。しとしとと降り出した雨は大地に降り落ちて、川へ流れていく。私は雨了の龍の体にしがみついたまま、暗雲が広がり、月夜を雨で塗り替えていく様をずっと見ていた。

私にはただの雨にしか見えない。けれど清らかな雨は、確かに迦国《かのくに》を洗い流していった。

雨了と私は今の雨で本当に清まったのか確認すべく、迦国《かのくに》を一周しに向かった。

雨了が空を駆ければ、みるみる景色が後方へと流れていく。今まで想像もしたことのない高さからは、眼下の家々が豆粒のように小さく見えた。それもほんの一瞬で背後に流れて消えていく。

「……すごい」

私は落ちないように雨了のたてがみにしがみついたまま、頭の方へにじり寄る。鹿のような形の白銀の角の合間に腹這《ば》いに寝そべった。こうした方が安定するし、前を見やすい。

雨了は凄まじい速度で夜を駆け抜けていく。

私は揺れもしない龍の雨了の頭に乗っかり、景色が流れていくのを見ていた。速度を出しても心地良い風が髪を揺らすだけだった。輿《こし》や馬車のような今まで乗ったどの乗り物よりも乗り心地が良い。乗り物と比べるな、なんて怒られてしまうかもしれないけど。

いつもの私なら絶対に見えないいくらい遠いのに、不思議と目が良くなったように、うんと遠くまでなんでも見通せた。体から抜け出てしまったからか、それとも龍の雨了にくっついているからなのか。

大きな山や川があった。たくさんの家々があった。

雨了に気が付いた人は深夜にもかかわらず家から飛び出して平伏した。どうやら龍の雨了は普通の人からも見えるようだ。

泣いて拝む人もたくさんいたし、笑顔で万歳をする人もたくさんいた。

山奥にある川のほとりの小さな家から楊益が飛び出してきて跪《ひざまず》くのも見えた。あのぼんやりとした顔が驚愕といった風に目をこれ以上ないほどに見開いているのが可《お》笑《か》しくて笑ってしまった。そのすぐ側には壁巍が銀の髪を靡《なび》かせて立っていた。あの二人、どうやら知り合いだったらしい。また知ってしまった思わぬ秘密だ。

私は壁巍に向かって、どうだ、と言うようにニッと笑ってみせた。

多分、向こうも私に気が付いたのだろう。壁巍がやれやれというように肩をすくめた。

そして私たちはまた飛んでいく。遠くへ。広い迦国《かのくに》の端の端まで。

生まれて初めて海も見たし、砂漠も見た。おそらくは馬理国らしい乾いた草原も見た。白い天幕《てんまく》のような家が点在し、馬がたくさん繋がれていた。またいつか、今度は毒の入っていない馬乳酒《ばにゅうしゅ》を飲ませてもらおう。

迦国《かのくに》の端から端まで行って戻ってくるのにも、そう時間はかからなかった。

今は眼下に再び後宮が見えている。大きなはずの王城も立派な宮殿も、豆粒のように小さい。

雨はすぐに止み、立ち込めていた雲はあっという間に晴れて月が再び顔を出した。

雨が降ったせいなのだろう、夜だと言うのに色の淡い虹がかかっていた。月虹《げっこう》というらしい。

家々の屋根が雨で濡れ、キラキラと月の光を反射させ、そこに月虹《げっこう》が差し掛かる。

それは不思議で美しい光景だった。

「……綺麗だね」

「そうだろう。そなたが守った国だ」

「私は何もしてないよ。全部、雨了が成し遂げたことでしょう」

「いいや、龍の力で清めたのは俺だとしても、ここまでずっと俺を守り、支えてくれたのは莉珠だ」

私は恥ずかしくなる。そんな大それたことをした覚えがない。ただ目の前のことに必死だっただけだ。

「俺は今まで何度も大切な者を失って来た。皇帝の血筋というだけで守られる自分が嫌いだった。だからこの身を捧げて守ることばかり考えてしまっていた。だが、莉珠や汪蘭たちが必死に守ってくれた命なのだ。もう少し自分と向き合って、受け入れられるようにするつもりだ」

「あのさ、この龍の力で救われた人も、たくさんいると思う」

「……だといいが。だが裁かなければならない者もたくさんいる。まだまだこれからだ」

「うん」

まだ終わったわけではない。

玉石に唆《そそのか》され、謀叛を起こした衛士《えじ》長。それに加担した衛士《えじ》たちや宦官《かんがん》たちも。

脅《おど》されて従ったのだって罪は罪だ。

私だってこれからは朱家の人とも向き合わねばならないし、まだまだ学ばなければならないことは多い。

「落ち着いたら……少しずつ後宮の整理をしようと思う」

「……そうだね」

胡嬪のような人を、もう作らないために。

「ところで、雨了。ちゃんと人の身に戻れるんでしょうね？」

「さて、どうすれば良いやら……」

「う、うそっ！」

私は肝が冷えて雨了のたてがみをぎゅっと握った。

「はは、問題ないはず……おそらくな」

「ちょっと、ドキッとするようなこと、いちいち言わないで！」

「む、冗談のつもりであったが」

「もう、そういうの、洒落《しゃれ》にならないんだからね」

汪蘭もそんなことを言って私をドキッとさせたのを思い出す。

まったく、似たもの同士なんだから。

「俺の肉体から毒が消えたわけではないだろうしな。龍の力を取り戻したから、まあ死ぬことはないだろうが……」

「それなら、うんと苦い毒消しを作ってあげるわよ」

祖父直伝の、震えるほど苦い犀角《さいかく》を使った毒消しをたっぷりと。

そう言えば雨了は苦々しい声で笑う。

「まあ、戻ってもしばらくは楽しいことばかりでもあるまい。いや、おそらく嫌な思いもたくさんすることだろう。それでも、俺と共に戻ってくれるか、莉珠」

「当たり前でしょう。私は他でもない、雨了の妃《きさき》なんだから！」

「ああ……それでこそ、俺の愛妃だ」

私は自然にその言葉を受け入れた。すとんと胸に落ちる。

――私は雨了の愛妃。雨了は私の番《つがい》。私の半身。

「未熟な龍と未熟な愛妃か……少しは大人になったのかしらね、私たち」

「莉珠？」

私はキョトンとしている雨了の額に唇を落とした。

「ふふん、隙あり！」

「り、莉珠っ⁉」

べえっと舌を出してみる。

今までの不意打ちの仕返しだ。

雨了は声にならない声を上げて、鱗《うろこ》とたてがみをざわつかせる。

それが可笑《おか》しくて私は笑い声を上げた。

雨了の鱗《うろこ》は雨上がりの月虹《げっこう》に負けないほど、キラキラと煌《きら》めいていた。

妾腹の生まれのため義母から疎まれ、厳しい生活を強いられている莉珠《りじゅ》。なんとかこの状況から抜け出したいと考えた彼女は、後宮の宮女になるべく家を出ることに。ところがなんと宮女を飛び越して、皇帝の妃に選ばれてしまった！　そのうえ後宮には妖《あやかし》たちが驚くほどたくさんいて……

●定価：726円（10%税込）　●ISBN:978-4-434-28559-2

●Illustration：ボーダー

「俺は、話を聞いてやることしかできない、へっぽこ陰陽師だ――。」『陰陽師』など物語の中の存在に過ぎない、現代日本。駒田成喜は、陰陽師の家系に生まれながらも、ライターとして生活していた。そんなある日、取材旅行で訪れた京都で、巷を賑わせる連続行方不明事件に人外が関わっていることを知る。そして、成喜の唯一の使い魔である氷鬼や、偶然出会った地元の刑事にしてエリート陰陽師である鴨怜治と、事件解決に乗り出すのだが……

◉定価：726円（10%税込）　◉ISBN:978-4-434-28986-6　◉Illustration：くにみつ

恋文やしろのお猫様
～神社カフェ桜見席のあやかしさん～
織部《おりべ》ソマリ
女子《きまじめ》×妖《気ままな》

堅物軍人×あやかし狐の姫君

★★★
アルファポリス第3回
キャラ文芸大賞
あやかし賞
受賞作

文明開化を迎えた帝都の軍人・小坂源二郎中尉は、見合いの席にいた。帝国では、人とあやかしの世をつなぐための婚姻が行われている。病で命を落とした甥の代わりに駆り出された源二郎の見合い相手は、西洋料理食べたさに姉と役割を代わった、あやかし狐の末姫。あやかし姫は西洋料理を望むも、生真面目な源二郎は見たことも食べたこともない。なんとか望みを叶えようと帝都を奔走する源二郎だったが、不思議な事件に巻き込まれるようになり——?

◉定価:726円(10%税込)　◉ISBN:978-4-434-28654-4

◉Illustration:Laruha

あやかし猫の花嫁様
湊祥
Sho Minato

不本意ですが イケメン猫と 新婚生活はじめます。

CHECK!
アルファポリス
第3回
キャラ文芸大賞
奨励賞受賞作!

あやかし猫の花嫁様
不本意ですが
イケメン猫と
新婚生活
はじめます。

田舎の一軒家で一人暮らしをする大学生の茜《あかね》。それなりに平穏な毎日を送っていたはずが、突然、全てのあやかし猫を統べる化け猫・常盤《ときわ》の妻になってしまう。しかも、一緒に暮らさないと命を狙われるというオプション付き!? どんなに甲斐性抜群のイケメンでも、そんな結婚絶対無理——と、早々に離婚を申し出た茜だけれど、何故かこの結婚、ちょっとやそっとじゃ解消できない呪いがかかっていて……。自由すぎる極甘夫と円満離婚を目指す、新妻奮闘記!

◉定価:726円(10%税込) ◉ISBN:978-4-434-28653-7 ◉Illustration:ななミツ

晴明さんちの不憫な大家 1~3

せいめいさんちのふびんなおおや

著 烏丸紫明 karasuma shimei

祖父から引き継いだ一坪の土地は――

幽世《かくりよ》へとつながる不思議な扉でした

やたらとろくな目にあわない『不憫属性』の青年、吉祥真備《きちじょうまきび》。彼は亡き祖父から『一坪』の土地を引き継いだ。実は、この土地は幽世《かくりよ》へとつながる扉。その先には、かの天才陰陽師・安倍晴明《あべのせいめい》が遺した広大な寝殿造の屋敷と、数多くの“神”と“あやかし”が住んでいた。なりゆきのまま、真備はその屋敷の“大家”にもさせられてしまう。逃げようにもドSな神・太常《たいじょう》に逃げ道を塞がれてしまった彼は、渋々あやかしたちと関わっていくことになる――

◎各定価：1～2巻 704円・3巻 726円（10%税込）

◎illustration：くろでこ

この作品に対する皆様のご意見・ご感想をお待ちしております。

おハガキ・お手紙は以下の宛先にお送りください。

【宛先】

〒150-6008 東京都渋谷区恵比寿 4-20-3 恵比寿ｶﾞｰﾃﾞﾝﾌﾟﾚｲｽﾀﾜｰ 8F
(株) アルファポリス　書籍感想係

メールフォームでのご意見・ご感想は右のＱＲコードから、
あるいは以下のワードで検索をかけてください。

アルファポリス　書籍の感想　検索

ご感想はこちらから

アルファポリス文庫

迦国《かのくに》あやかし後宮譚《こうきゅうたん》2

シアノ

2021年 7月31日初版発行

編集－本丸菜々
編集長－倉持真理
発行者－梶本雄介
発行所－株式会社アルファポリス
〒150-6008東京都渋谷区恵比寿4-20-3恵比寿ｶﾞｰﾃﾞﾝﾌﾟﾚｲｽﾀﾜｰ8F
TEL 03-6277-1601（営業） 03-6277-1602（編集）
URL https://www.alphapolis.co.jp/
発売元－株式会社星雲社（共同出版社・流通責任出版社）
〒112-0005東京都文京区水道1-3-30
TEL 03-3868-3275
装丁イラスト－ボーダー
装丁デザイン－AFTERGLOW
印刷－中央精版印刷株式会社

価格はカバーに表示されてあります。

落丁乱丁の場合はアルファポリスまでご連絡ください。

送料は小社負担でお取り替えします。


ISBN978-4-434-29114-2 C0193